Die Lag in jou Oë

Marianne Fourie

Outeur: Marianne Fourie
Voorbladontwerp: Malherbe Uitgewers

Geset in Franklin Gothic Book 12pt

ISBN 9798847963138
Eerste Uitgawe 2022

Uitgegee en gedruk deur
Malherbe Uitgewers

Opgedra aan Wilmari Jooste wat nie nee vir n antwoord wou aanvaar nie: Dankie!

Hoofstuk 1

Rita parkeer voor die gebou en kyk om haar na die terrein, so anders as waaraan sy gewoond is. Alles is grys; vaalgrys teer, vaalgrys geboue. Selfs die lug is vaalgrys en snerpend koud. Baie oninspirerend, kan sy nie help om te dink nie. Haar gedagtegang word onderbreek toe 'n klein rooi motortjie met 'n vaart half skeef langs haar tot stilstand kom en 'n vrou vervaard uit hom vlieg.

"Rita Botha? Ag sê asseblief jy is Rita Botha. Meneer Venter het gesê ek moet jou onmiddellik na sy kantoor toe bring as jy hier kom en, kyk nou net, nou's ek laat. Maar die traffic was vanoggend 'n bitch, en dan was daar nog 'n ongeluk ook net hier anderkant en jy weet hoe mense is as daar 'n ongeluk is. Mens sou sweer dis die hoogtepunt van die week soos hulle daar saamdrom. Blerrie goed. My arme karretjie se toeter is skoon hees soos ek moes toet om net daar verby te kom. Maar kom, Meneer wag seker al." Sy begin ook sommer aanstap om net weer met 'n vaart om te draai en by die agterste deur van haar kar in te duik. "Dêmmit! Sorry, amper vergeet ek my handsak. By the way, ek's Miems, Meneer se sekretaresse, teemaker en sommer algemene rondstuurder."

Rita glimlag. "Aangename kennis, Miems. Jong, wat sou jy nou gedoen het as ek gesê het ek is nie Rita Botha nie?"

Miems steek vas. "O heiden vrou! Dan het ek my naam nou behoorlik gat gemaak. Meneer sê permanent vir my ek's heeltemal te impulsief en my bek is te vinnig."

Rita lag. Van die vrou sal sy kan hou. "Toemaar, jy is veilig."

Miems neem haar met 'n kort gangetjie na die hoof se kantoor waar 'n ouerige man met grys hare orent kom agter sy lessenaar en haar met 'n uitgestrekte hand verwelkom.

"Goeiemôre, mevrou Botha, of mag ek sommer Rita sê? Ek is Abel Venter. Hier by President Hoër is ons nie baie gesteld op die meneer en mevrou aanspreekvorm nie. Alhoewel, ek moet byvoeg, almal noem my Meneer, mét 'n hoofletter, ek dink hulle is so effe bang vir my."

Rita neem die uitgestrekte hand en glimlag. Alles is so anders as wat sy haar voorgestel het. Sy voel sommer welkom, of sy hier sal kan gelukkig wees.

"Wel Rita, kom sit. Miems, gaan maak vir ons bietjie koffie en gooi sommer 'n paar van daai beskuite wat my vrou gister gestuur het in 'n bakkie. Dis lekker koud, nè? Gister was so 'n lekker dag, maar vandag het die winter ons weer ordentlik beet."

Rita neem plaas in die stoel oorkant die lessenaar en kyk om haar rond. Dis 'n rustige kantoor.

"Dit was vir my 'n gebedsverhoring toe Jaco Ehlers skakel en vra of die pos hier nog beskikbaar is; dat jy belangstel om hierheen te kom. Ons matrieks is nou al vir byna twee maande sonder 'n Engelse onderwyser. Die ander juffrouens het hulle bes gedoen om die kinders aan die gang te hou, maar ons kort iemand met die nodige kennis en ondervinding."

Op dié oomblik kom Miems by die vertrek in met 'n skinkbord met twee bekers koffie en 'n bak boerbeskuit.

"Help jouself, Rita. My vrou stuur gereeld 'n bak beskuit skool toe. Jy is gelukkig dat sy dit net gister gestuur het. Hier is 'n paar manne op die personeel wat soos kommandowurms hulle pad oopvreet deur die bak!"

Toe hulle elk met 'n beker koffie in die hand sit, gaan meneer Venter voort.

"Dominee Jaco moes noodgedwonge vir my so iets van jou agtergrond vertel. Jy besef dat dit uiters ongewoon is om so in die middel van 'n kwartaal van skole te verwissel, so ek moes uitvra. Wees verseker dat dit nie verder as hierdie vier mure sal gaan nie." Hy neem 'n slukkie koffie en gaan dan voort. "Ons is 'n arm skool want die meeste van ons kinders kom uit baie swak omstandighede. Ons het geen van die tegnologie waaraan jy waarskynlik gewoond is nie. Hier gebruik ons nog die ou talk-and-chalk metode. Maar jy gaan vind dat die kinders, miskien as gevolg van hulle omstandighede, 'n ongelooflike dors na kennis het. Natuurlik is daar die gewone paar skarminkels," meneer Venter lag, "maar vir hulle gaan jy net so lief word. Dreig hulle net met die kantoor. Hulle het 'n heilige vrees vir my."

Nadat hulle haar rooster en buitemuurs bespreek het, roep meneer Venter vir Miems om haar na haar klaskamer te neem en op die skoolterrein rond te wys. Miems babbel die heel tyd totdat Rita later voel sy ken elke deel van die skool en sy opset al jare lank.

Met haar arms vol lêers klim sy sowat 'n uur later in haar kar. Dis met 'n vreemde gevoel van opwinding en vrees dat sy die adres van haar nuwe woonplek in haar GPS insleutel. Sy hoef eers Maandagoggend aan te meld by die skool. Die hoof het haar die Vrydag gegee om in te trek en haarself te oriënteer ten opsigte van die werk.

Sy was gelukkig om die gemeubileerde tuinwoonstel te kry. Dierbare dominee Jaco. Sy is nog steeds verstom oor die spoed waarteen als gebeur het. Sy kan skaars glo dat dit slegs twee weke is sedert sy aan sy deur gaan klop het, en nou, 'n nuwe skool, 'n nuwe woonplek, 'n nuwe lewe. Sy is donkernag weg van Adelsrust af, weg van 'n dorp wat vir haar geen vreugde gebied het die laaste paar maande nie.

Dis 'n ouerige huis waar sy 'n paar blokke van die skool af tot stilstand kom, een van die tipiese huise in die woonbuurt, vierkantig met 'n rooi dak, maar die plek lyk aansienlik beter versorg as die huise aan weerskante.

Die voordeur gaan oop terwyl sy nog na haar omgewing sit en kyk en 'n ouerige dame, ontspanne geklee in 'n blou denimbroek en loshangende kabeltrui, kom uitgestap.

"Ry sommer agterom, Hartjie. Ek kry jou daar."

Rita parkeer onder 'n groot akkerboom en klim uit.

"Middag, Hartjie. Baie welkom. Ek is Lizzie Meyer. Om een of ander rede noem die mense hier my sommer ant Hartjie, ek weet rêrig nie hoekom nie." Sy lag uit haar maag uit. "Die trokkie met jou goetertjies het vroeër aangekom. Ek het sommer dat die mense dit in die woonstelletjie sit. Wanneer jy klaar jou goedjies uitgelaai het, moet jy om ry en jou karretjie onder die afdakkie gaan stop. Hierdie ou boom is pragtig maar morsig. Gooi blare af asof hy betaal word om dit te doen."

Rita glimlag. Sy sal moet oppas of die tannie gaan haar ore van haar kop afpraat!

"Ek het vir Pietman laat weet hy moet netnou, wanneer hy die blare hier onder die boom kom ophark, gou jou gordyntjies vir jou kom hang."

Lizzie stoot die deur van die pophuis-grootte huisie oop en laat Rita voor haar uitstap. Die deur maak reguit in 'n klein kombuisie oop.

"Dis maar klein Hartjie, maar ek dink jy gaan lekker hier bly. Ek het vir jou die lekkerste sonkamer reggemaak as slaapkamer en 'n tafel laat instoot in die ander slaapkamer. Jy gaan lekker daar kan werk. Maak dit jou eie plekkie, pak jou goedjies uit en dan gaan jy sommer lekker tuis voel. Ek gaan nou maar eers dat jy kan uitpak hoor."

Rita grawe haar selfoon uit haar handsak toe ant Hartjie die deur agter haar toetrek.

"Haai, Sus," tik sy. *"Ek het veilig aangekom. Oulike plekkie. Skool baie anders! Hier is 'n kamer vir jou ook in die huisie. Sal later epos stuur. Eers gou uitpak."*

Skaars 'n minuut later pieng haar foon. Net een woord verskyn op die skerm:

"Okay."

Rita sug hartseer. Hoe gaan sy die kloof wat tussen haar en haar enigste dogter ontstaan het, ooit kan oorbrug? Sy kan maar net hoop en bid dat Janine eendag die waarheid sal besef en haar sal vergewe vir die – soos Janine dit noem – onreg wat sy haar aangedoen het.

Rita sit plat op die grond besig om haar boeke in die boekrak uit te pak toe daar 'n klop aan die deur is. Sy stof haar broek se sitvlak af voordat sy deur toe stap. Groot is haar verbasing toe sy 'n lang, frisgeboude man in plaas van die swart tuinwerker wat sy verwag het, voor die deur aantref. Hy staan met sy rug na die deur oor die tuin en kyk.

"Uhm, hallo," groet Rita.

"Pieter Malan, aangename kennis. Ant Hartjie het my gestuur om jou te kom help gordyne ophang en swaar goed rond te skuif, en as jy nie vir my 'n positiewe verslag saamgee agterna nie, gaan ek nie koffie en melktert kry nie."

Rita neem die uitgestrekte hand. Dis 'n werkershand met 'n stewige greep.

"Ek het eintlik iemand wat effens anders as jy lyk, verwag," sê sy verleë. "Toe die tannie sê Pietman sal my kom help het ek die tuinman verwag."

"So tussen my en jou," Pieter sit 'n hand dramaties voor sy mond en loer gemaak skuldig oor sy skouer. "Ek ís die tuinman maar al wat ek as betaling ontvang is 'n ou koppietjie koffie en as ek gelukkig is 'n stukkie koek."

"Sie jy so jok," klink 'n stem agter hom op.

"Moenie 'n woord glo wat hy sê nie, Hartjie. Koffie, vol beskuitblikke, koekies en melktert, Sondagmiddagete mét poeding, skoon-gewaste wasgoed een keer 'n week ... moet ek aangaan met die lysie? Jy kry genoeg betaling, jou lummel."

"Don't spoil a delightful story with facts," roep hy laggend na die ou vroutjie. "Gaan maak jy nou daai koffie, ant Hartjie. Ek en Rita is nou klaar en dan gaan ons honger en dors wees."

Rita se oog vang haar spieëlbeeld toe sy en Pieter by die deur instap. Slierte hare hang uit die Franse rol wat sy vanoggend met soveel moeite gemaak het. Daar is so 'n swart maskarastreep oor haar een wang soos sy die onwelkome traan na Janine se kortaf boodskap probeer afvee het. Van die prim en proper mevrou doktor Botha van Adelsrust is daar geen teken nie.

Pieter se lang lyf en arms maak van die gordyne ophang sommer kinderspeletjies en nadat hy die sitkamermeubels na Rita se smaak geskuif het, roep hy na haar waar sy weer haar boeke regskuif in die boekrak.

"Nou gaan ons koffie drink. En moenie eers probeer nee sê nie. As Lizzie, my Hartjie, Meyer praat, luister jy!

Hoofstuk 2

Vroeg die volgende oggend sit Rita op die houtbankie onder die groot akkerboom buite haar huisie, kombers oor die skouers. Sy vou haar hande om die beker koffie. Ten spyte van haar lyfmoeg, het sy sleg geslaap in die nuwe bed en nuwe omgewing. Haar bietjie slaap was deurspek met drogdrome, herinneringe wat maar net nie wil wyk nie; soos nou. Haar gedagtes gaan weer terug na daardie dag.

Die helder son vang Rita onverwags toe sy by die hofdeur uitstap. Hoe kan die son so helder hier buite skyn as daar soveel hartseer daarbinne afspeel, vra sy haarself. Sy sluit haar oë teen die skerp lig. Als duisel vir 'n oomblik rondom haar.

"Is jy okay, vriendin?"

Martie se stem kom asof van ver af na haar. Sy voel 'n hand om haar elmboog sluit en volg gewillig toe Martie haar met die trap aflei na die motor toe.

"Koffie! Baie daarvan. Ek het 'n koffiewinkel net hier anderkant gesien."

Rita steek haar hand uit en sit dit oor haar vriendin se hand.

"Dankie, Mart. Vir alles." Die trane begin ongehinderd uit haar oë stroom.

"Dankie dat jy vandag hier vir my was. Ek sou dit nie alleen kon doen nie. Jy en dominee Jaco ... dankie dat julle my nie ook weggegooi het nie."

"Ai, my maat. Nooit nie. Jy weet mos, friends for life."

"Dis so 'n antiklimaks. Mense spandeer maande om die troudag te beplan, rok, koek, blomme, die gepaste venue ... en dan, daar binne ... twee vragies, 'n stempel op 'n vel papier ... twee minute om 'n huwelik verby te verklaar. Het jy gesien hoeveel mense daar was? Mense wat deur die worsmeule gestop word, getroud ... stempel ... ongetroud. Daai vrou net voor my. Dit het my ondergekry. Soveel rou leed."

Nee! dwing Rita haar gedagtes terug na die hede. Sy sluk die laaste mondvol koffie af en stap dan terug na haar huisie. Vir onthou sal sy later tyd maak. Een of ander tyd sal sy moet rou oor dit wat was, maar nie vandag nie.

Vandag gaan sy haar nuwe stad verken en geld spandeer. Iewers behoort sy blomme te kry; geel blomme wat sonskyn verteenwoordig. Sy het te lank in die donker geleef.

Sy pluk 'n bloedrooi trui uit die kas, denimbroek, stewels. Martie het gesê mens doen niks halfhartig nie. As sy wil breek met dit wat verby is, moet sy dit ordentlik doen. Elke sober kledingstuk wat sy van die rakke gehaal het tydens hulle inkopietog drie dae gelede, het Martie teruggeplaas op die rak. "Kleur, ou sussie. Hoe helderder, hoe beter. Kleur dryf die donker terug na waar hy hoort," hoor sy haar beste vriendin se stem. Beste vriendin? Rita glimlag wrang. Enigste vriendin! Die enigste een wat by haar bly staan het, wat haar ondersteun het toe die hele dorp sy rug op haar gedraai het. Martie het in haar klerekas ingevaar en voor die voet uitgegooi. "Dis net 'n spul baadjiepakke. Als is flippen grys of swart. Wie dra nog sulke klere in vandag se lewe? O ja, die vername Doktor Botha se vrou!"

'n Ruk later kyk sy half verbouereerd na haar beeld in die spieël. Sy wonder wat sal die Adelsrusters sê as hulle haar nou sien. Haar hare hang in 'n los Franse vlegsel oor haar skouer. Rooi lipstiffie wat pas by die rooi trui aan haar lippe. 'Skarlakenvrou,' 'Jezebel,' 'Slet.' Sy sluit haar oë vir 'n oomblik .
Sy kan die stemme in haar kop hoor, die veroordeling en haat.

'n Vreemde gesig begroet haar toe sy by die deur uitstap. Ant Hartjie sit plat op die grond omring deur voëltjies wat pik-pik na die saadjies wat sy in haar hande na hulle uithou. Die voëltjies swerm weg toe Rita naderstap en ant Hartjie kyk op.

"Môre, Hartjie." Sy staan styf-styf op en stof haar broek af. "Ek gaan nie vra of jy lekker geslaap het nie. Ek slaap maar sleg in 'n nuwe bed in 'n vreemde plek."

"Môre, Tannie. 'Skies ek het die voëltjies verjaag. Dit was 'n pragtige gesig. Hoe kry tannie hulle so mak? Hulle eet dan uit tannie se hand!"

"Jong, dis ure se geduld en doodstil sit. Jy weet mos een of ander slim ou het gesê 'Good things come to those who wait.' Goeie raad daai. Koffietjies? Jy lyk alte spoggerig hoor."

"Nee dankie, Tannie. Ek het reeds gedrink. Ek wil eintlik hoor of Tannie vir my 'n haarkapster kan aanbeveel. Hierdie ou vlegsel moet vandag nog waai."

"Jy het pragtige hare, Hartjie, maar ek kan dink dat dit bietjie swaar is." Ant Hartjie lig die vlegsel op en weeg hom in haar hande. "Een van my dogters werk net hier anderkant by 'n salon. Kom ek bel haar gou en hoor of sy kan help. Sy's lekker jonk en modern en baie deeglik hoor. Ek's seker jy sal tevrede wees met wat sy doen." Sy grawe haar selfoon uit haar broeksak en bel. "Sussa, het jy 'n gaatjie vandag? Ek stuur vir jou 'n nuwe kliënt, Rita wat hier in die huisie ingetrek het. Honderd persent, my kind. Ek sê vir haar. En jy kan gerus weer bietjie kom kuier hoor! Bye. Sal half tien jou pas, Hartjie? Kom ek gaan skryf gou vir jou die adres neer. Haar naam is Cecile." Alles word byna in een asem gesê.

Die salon waarheen ant Hartjie haar stuur is in 'n winkelkompleks in die 'beter' deel van die voorstad en groter en moderner as wat sy verwag het. Daar is 'n supermark, die gewone klerewinkels en, tot haar vreugde, 'n tak van 'n bekende boekwinkel. Sy haal 'n slag diep asem en stap dan die salon binne.

Cecile ontvang haar glimlaggend.

"Jy is seker die dame wat ant Hartjie se tuinwoonstel huur?"

"Ek het gedink sy is jou ma?"

"Nee jong. Ant Hartjie praat mos van almal wat sy onder haar vlerk neem, as haar kinders. Kom sit gerus en vertel vir my wat ek vandag vir jou kan doen."

"Hierdie lang bos hare moet waai! Ek is in jou hande vanoggend. Wat stel jy voor?" Rita wikkel die rekkie uit die vlegsel en skud haar hare los.

Cecile laat gly haar vingers deur die hare. "Jy het pragtige sterk hare, maar die lang hare doen absoluut niks vir jou nie. 'Skies as ek bietjie reguit is. Ant Hartjie noem dit 'walglik eerlik.' Hoe kort gaan te kort wees vir jou? Ek sien jou met 'n baie kort elfie styl. Iets wat jou oë en wangbene beklemtoon. Wag, kom ek wys vir jou 'n paar prentjies, dan besluit jy."

Minder as 'n uur later kyk Rita na haarself in die spieël. Sy het 'n totale gedaante-wisseling ondergaan. Haar hare is seuntjiekort met 'n kuifie wat oor haar voorkop fladder. Sy lyk tien jaar jonger.

"En nou gaan ek jou skuif na een van die kamers hier agter en ek gaan daai bebosde wenkbroue van jou onder hande neem." Cecile glimlag vir haar in die spieël. "Jy het mos gesê jy is in my hande!"

Dis met 'n veerligte gemoed dat Rita later uit die salon stap. Haar kop voel lig. Sy het eenmaal lank terug probeer om haar wenkbroue te pluk. Hoe goed onthou sy nie daardie dag nie. Dit was die eerste dag van 'n lang Desember vakansie.

"Hoe durf jy aan God se skepping probeer verander, Margarita? Jy sit nie jou voete uit die huis voordat elke haar wat jy vandag hier uitgetrek het teruggegroei het nie. Jy gaan nie so 'n bespotting van jouself maak waar die gemeente se vrouens jou kan sien nie. Jy moet 'n voorbeeld wees vir die jong vrouens in die kerk, vir jou eie dogter. Vir hulle wys hoe lyk die bruid van God!"

Jacobus was siedend kwaad. Vir drie weke het hy haar toegesluit in die huis gehou, haar afwesigheid by die gemeentebedrywighede verklaar as 'n maagvirus wat nie wil wyk nie.

"Nee!" praat sy met haarself. "Don't go there! Beskou vandag as jou geboortedag. Die dag dat die ware Rita hergebore is. Margarita bestaan nie meer nie. Rita het herrys!"

Sy skrik byna toe sy haar weerkaatsing in 'n winkelvenster sien. Sy herken die vreemde vrou byna nie. Haar blou oë lyk groter en blinker, haar wangbene meer prominent. Selfs haar velkleur lyk gesonder as ooit.

"Ai, die Merrim lyk te spoggerig. Issit sowaar dieselle merrim wat netnou by daai deur in is? Is mos dieselle klere wat ingeloep het, maar issie dieselle face wat uitgekom hettie."

Rita ruk soos sy skrik toe 'n stem agter haar opklink, en knyp instinktief haar handsak stywer teen haar lyf vas.

"Toemaar, die merrim hoefie te worry nie. Ek issie 'n kroekie. Ek watch juis dat die kroeke nie mense se karre stelie. Ek het die merrim genotch da van my staanplekkie af toe jy gepark het. Toe sê ek vi myself, myself, daai antie het mooi haartjies ma dis darem te heavy vi daai klein lyfie. Nou wil ek net sê, merrim lyk alte grênd met die kort haartjies."

"Ek is jammer. Sjoe, ek het groot geskrik toe die vreemde stem praat terwyl 'n vreemde gesig na my kyk." Sy glimlag. "Baie dankie vir die kompliment. My kop voel so vreemd. Dink jy regtig dit lyk goed so?"

"Merrim kan maar vir ou Sarah glo. Dit lyk sommer baie nice hoor."

Rita steek haar hand in haar handsak en, na 'n oomblik se huiwering – jare se kondisionering word nie in 'n oomblik uitgewis nie – gee sy haar selfoon vir Sarah.

"Sal jy asseblief 'n foto van my neem? Ek wil graag vir my dogter in Nederland wys hoe lyk ek nou."

"Maar alte seker, Merrim. Gooi net vir my daai heup soe bietjie forward. Smaail. Okay, nou jou hand soe onner die ken, leun bietjie vorentoe .... blaas 'n soentjie ..."

Rita voel hoe 'n lag diep uit haar binneste borrel. "Nou gaan ons twee pose vir 'n foto. Die kinders praat mos van selfies. Sal jy saam met my op 'n selfie wees?"

Die tandlose mond lag wyd. "Ek rieken dis mos 'n onsie dan. Druk daai knoppie merrim. Ou Sarah laaik fouties."

Met haar arm om die bruin vrou se skouers lag Rita op na die kamera.

"Nou gat ons vir hom doen soos die jongietjie girls. Duck bek. Daasy, Merrim. Nou ienetjie met die tong wat soe skyns uithang."

Rita hoor haarself lag terwyl sy elke pose van ou Sarah na-aap. "Nee wag, vandag pie ek hierdie nuwe jeans van my sopnat," protesteer sy toe ou Sarah weereens skewebek trek vir die kamera. "Nou gaan ek plek soek waar ek hierdie foto's kan druk en dan gaan ek en jy koffie drink by Mugg and Bean."

"Haai nooit, Merrim. Jy kannie vi my by daai lanie plek vattie. Dissie mossie plek vir car guards nie! Hulle gat vir my wegjaag. Koop liewerster vir my 'n pie en 'n Coke."

"Niemand gaan jou wegjaag nie! Jy het my so lekker laat lag, jy verdien 'n ordentlike koffie. Maar wag, ek het 'n beterste plan. Wag jy net hier!"

'n Ruk later kom Rita by die winkelsentrum uitgestap met twee bekertjies koffie en 'n sakkie met wegneemetes. Sy gaan sit langs ou Sarah op die sypaadjie. "Daarsy. Koningskos vir die twee queens!"

Ou Sarah lag tandloos. "Vanaand gaan ek tog brag oor ek 'n lanie tjomma het. Dankie, Merrim, lat jy vir ou Sarah oek 'n lekkerste dag gemaak het. Dis mar harre werk hierie car watchery. Die anner lanies check mens net soe langs die neus af as jy vra virre geldjie. Kan die merrim glo, die een lanie antie tune mos vir my sy gee vir my niks wat 'julle mense' koep net dop. Lyk ek miskien vir Merrim soos 'n sypgat? En wies haar 'julle mense' nogal?" Sy gee so giggellaggie. "Net soe by die oujaar sal ek 'n ou ietsie vat. Mens moet mos celebrate oek, of hoe?"

Rita haal 'n foto uit haar handsak. "Die is vir jou. Dan kan jy onthou van die dag toe jy die son vir iemand gebring het." Sy steek haar hande uit en vat albei Sarah s'n in hare. "Jy sal nie weet hoeveel vanoggend se lag vir my beteken het nie. Jy het regtig die son vir my gebring. Eendag gaan ek jou kom haal en dan drink ons lanie tee by my blyplek."

Dis laatmiddag toe Rita weer haar kar onder die afdakkie stop. Dit was een van die lekkerste oggende wat sy nog ooit beleef het. Sy kon nie baie blomme kry nie, maar die twee bossies affodille wat sy raakgeloop het is alreeds genoeg om die son tot binne in haar huisie te bring. Sy het 'n uur in die boekwinkel deurgebring, boeke uitgehaal en teruggesit. Mense het seker later snaaks gekyk na die vreemde vrou wat aan boeke ruik.

Sy het tweehonderd rand in Sarah se hand gestop toe sy weer by haar kar kom. Die absolute vreugde op die vrou se gesig sal sy moeilik vergeet.

"Jislaaik, Merrim. Is mos twee dae se harre werk wat Merrim nou hie vi my gee. Oe, ek kannie wag om te gaan shop nie. Daas mos die mooiste sêndels da by Pep met sikke groot buckles. Ek gaan tog te lanie lyk. Dalk sal ek vir ou Harmansdrup da byrie huis 'n ou drinkdingetjie vat. Hy mag dalk net soe bietjie woema in die ou lyf kry as hy myse niewe skoene sien."

Wat 'n karakter is ou Sarah nie. Ten spyte van haar moeilike omstandighede straal sy 'n aansteeklike lewensblyheid uit. Rita wonder wat Jacobus sou sê. Sy kan hom hoor: *"Meng jou met die semels, Margarita! Dit is hoe eerlike mense uit hulle hardverdiende geld beroof word. Jy weet so goed soos ek dat sy net drank daarmee gaan koop. Dalk dwelms ook. Daardie lag van haar was net te kunsmatig. Maar as jy jouself wil laat aftrek tot in die varkhokke van die lewe moet jy maar aangaan."*

"Gaan skyt, Jacobus!" praat sy met die spookstem in haar kop. "Jy het géén houvas meer op my nie."

Met arms vol inkopiesakke stap sy haar huisie binne. Vanaand maak sy varktjops. *"Vark is onrein"* het sy gehoor wanneer haar lus vir 'n lekker gammon oor Kersfees haar oorval het. Derhalwe het hulle geen varkvleis geëet nie.

Die twee bossies affodille druk sy in waterglase, een vir die kombuis waar sy dit elke keer kan raaksien as sy by die deur inkom, en een vir die tafel in haar werkskamer.

Ant Hartjie se "Joe hoe, Hartjie. Kan ek kom kyk hoe lyk jou hare?" klink op terwyl Rita besig is om haar kruideniersware weg te pak.

Ant Hartjie steek in die kombuisdeur vas en slaan haar hande oor haar mond. "Jimmeltjie, Hartjie. Ek glo nie wat my oë sien nie! Jy is so mooi. Kyk net jou oë." Sy gryp Rita aan die arm en draai haar in die rondte terwyl sy haar uit elke hoek bekyk. "Dit is ongelooflik!"

Rita voel haarself bloos. Eers ou Sarah, en nou ant Hartjie. As sy gewonder het of sy die regte ding gedoen het, is sy nou oortuig. Hoekom het sy toegelaat dat Jacobus haar so oorheers?

"En nou, Hartjie? As daai oë dan nou so hartseer lyk?" Ant Hartjie laat gly haar hand oor Rita se arm.

"Ai, Tannie, sommer spoke wat nie wil gaan lê nie."

Jacobus... Hy was net Cobus toe hulle ontmoet het as nuweling onderwysers by Adelsrust Hoërskool. Hulle oë het, op daardie eerste dag, ontmoet oor die personeelkamer. Sy was so benoud daardie dag, nie geweet of sy opgewasse was vir dit wat voor haar gelê het nie. Universiteit het haar nie regtig voorberei vir die klaskamer nie. Boekkennis het sy gehad, haar graad met onderskeiding geslaag. Maar sy het geen praktiese kennis gehad nie. Cobus, met sy onuitputlike entoesiasme vir die lewe en hope selfvertroue, het haar steunpilaar geword. Wanneer haar selfvertroue getaan het, het hy haar aangemoedig. Met hom aan haar sy het sy gevoel sy kan enige uitdaging baasraak. Hulle was gou 'n paartjie, dolverlief. Aan die einde van daardie jaar het die verloofring aan haar vinger gepryk en in Maart die volgende jaar is hulle getroud.

Die dienswerkspan wat daardie jaar die skool besoek het, het alles verander. Cobus was gefassineerd deur die toewyding van die studente wat 'n week by die skool deurgebring het. Hy was nog altyd baie toegewyd in sy godsdiensbeoefening, 'n kenmerk van hom wat sy bewonder het. Die studente se meer charismatiese manier van aanbidding het egter sy ekstroverte persoonlikheid soos 'n handskoen gepas. Skielik was hulle eie manier van aanbid vir hom verkeerd, hulle kerk dood. Op die klein Adelsrust was daar egter nie 'n kerk wat aan sy verwagtinge voldoen het nie, en Sondae sou hulle kilometers ry na die buurdorpe om die 'regte' kerk te soek. Die feit dat Rita 'n introvert was en ongemaklik gevoel het, was soos 'n rooi lap voor 'n bul. Aan die begin sou hy haar laggend om die lyf gryp en in die gang af dans terwyl hy sing: "Lig jou hande na bo, sing halleluja. Leef 'n bietjie, Magrietjie. Gooi af daai juk wat jou vasdruk op die grond."

Wanneer het sy Margarita geword?

Wanneer het hy nie meer gelag nie maar met die grootste erns haar berispe wanneer sy stil langs hom in die kerkbank gestaan het, haar hande saamgevou voor haar eerder as swaaiend bo haar kop?

"God sê in Psalm 63 vers 5: Ek sal U my lewe lank loof, my hande ophef om u Naam te prys, Margarita!

Jy móét jou hande ophef!" sou hy haar Sondag na Sondag aanpraat.

Janine was 6 jaar oud toe hy begin teologie studeer het. Uit Amerika het hy kursus-materiaal bestel. Dit was, volgens hom, tyd dat Adelsrust wakker geskud word, dat daar 'n 'regte' kerk gestig word.

Rita word stadig bewus van ant Hartjie se hand wat steeds saggies oor haar arm streel. Sy kyk af in die bekommerde oë van die klein vroutjie.

"Jy moet praat oor wat jou so eet, Hartjie. Wanneer jy voel dit moet uit, ek sal daar wees hoor. Lizzie Meyer se oor is geduldig en haar skouers is breed en sy het nie 'n los mond nie. Wat jy vir my vertel bly net daar waar jy dit los."

Hoofstuk 3

Dis sterk skemer toe Pieter sy vragmotor afskakel en styf-styf teen die leertjie afklim grond toe. “Jy raak te oud hiervoor, Malan,” praat hy met homself terwyl hy aanstap na die kantoorgebou. Voor hy vanaand kan huis toe gaan wil hy eers 'n volledige verslag saamstel. Hy sluit geen nuwe kontrak voordat hy nie self die roete gery het en die omstandighede waaronder sy drywers sal moet op-en aflaai, ondersoek het nie.

Hy staan nie verniet bekend as een van die beste vervoerkontrakteurs in die land nie. Sy drywers word goed betaal en hulle respekteer hom, juis omdat hy saam met hulle werk. Omdat hy self onder begin het, verstaan hy hulle probleme en maak hy voorsiening vir hulle gesinne wat dikwels vir lang tye alleen moet regkom.

“Trane stort” het sy pa die transportbedryf genoem. Hy het homself voorgeneem dat hy nooit sý gesin sal afskeep soos sy pa hulle afgeskeep het nie. Pa se lorrie was sy alles, die vrou en kind by die huis was 'n bysaak. Daarom het Pieter hard gewerk om sy maatskappy op te bou tot by die punt waar hy eintlik net van ver af 'n ogie behoort te kan hou. Hy kan, as hy wil, die beheer van die maatskappy nou in die hande van sy, meer as bekwame, bestuurders laat. Tog verkies hy om self nog aktief betrokke te wees. 'n Gesin het hy tog nie, net ant Hartjie - sy ander ma.

Pragtige vrou wat daar by ant Hartjie ingetrek het, dink hy toe hy later sy kantoordeur agter hom toetrek. Na hy haar gordyne gistermiddag opgehang het, het hulle melktert en koffie by ant Hartjie gaan eet. Hy kon nie veel oor haar uitvind nie. Sy was vriendelik en het lekker gelag vir al ant Hartjie se kwinkslae, tog was haar oë gesluier. Oor haarself het sy nie gepraat nie, net oor haar opwinding om weer voltyds in die onderwys te kan staan.

Hy het haar hande dopgehou - inmekaar gevou op haar skoot - 'n duidelike merk waar daar eens 'n ring was aan haar linkerhand. Haar naels kort gevyl, hande soms vrywend oor mekaar. Na die koffie het sy haarself verskoon. Ant Hartjie kon vir hom geen inligting oor haar gee nie. Nee, sy wou nie, tipies aan haar aard. Sy praat nie uit nie. Hy wonder tog wat dié Rita se verhaal is.

Môre-oggend moet hy ant Hartjie se blare gaan vee. Hy het nooit daarby uitgekom gister nie, so met die gordyne se ophangery en koffiedrinkery.

Saterdag, dink Rita toe sy die volgende oggend wakker word. Vandag moet sy daardie lêers wat sy Donderdag ontvang het, nader trek en begin beplan. Meneer Venter het haar ervare genoem, iemand met die nodige kennis en ondervinding. Sy wou vir hom sê dat sy vir 'n lang tyd slegs afgelos het op Adelsrust, dat sy nie regtig die ondervinding het waarna hy soek nie, maar iets het haar gekeer. Sy sál hiervan 'n sukses maak. Niemand hier ken haar geskiedenis nie. Niemand kan enige beswaar hê daarteen dat sy hulle kinders onderrig nie.

Sy steek haar voete in die lawwe geel Tweety Bird-pantoffels wat Martie vir haar as afskeidsgeskenk gegee het, en gooi haar japon oor haar skouers. Die spoke van die verlede was deur die nag minder aktief, en sy het baie beter geslaap.

Toe sy haar kombuisgordyntjies wegtrek sien sy vir Pieter waar hy kniel voor die bankie waar sy van plan was om haar oggendkoffie te drink. Hy kyk op toe hy die beweging voor die venster sien.

"Kom kyk gou hier," roep hy.

"Ek gaan net gou aantrek, ek is nog in my pajamas."

"Nee man, kom net so. Oor vyf minute is dit wat ek vir jou wil wys nie meer hier nie."

Na 'n oomblik se huiwering steek Rita haar arms deur die japon se moue en knoop die band styf om haar maag. Sy slof met haar lomp pantoffels by die deur uit.

"Buk net hier," praat Pieter toe sy by hom kom. "Bietjie links anders keer jy die son. Kyk!" Hy beduie na 'n ragfyn spinnerak wat tussen die twee pote van die bank gespan is. Yskristalletjies kleef aan die draadjies en glinster soos diamante in die son.

"Is dit nie pragtig nie? Die wonder van die natuur bly maar vir my die mooiste mooi ooit."

Rita voel hoe haar hart kramp binne in haar. Wanneer laas het sy iets mooi raakgesien? Wanneer het sy opgehou kyk? Sy voel lus om haar vinger uit te steek om aan die diamantjies te vat, maar druk haar hande in die japon se sakke.

"Ongelooflik mooi," sê sy en hoor die vreemde klank in haar eie stem. Selfbewus staan sy op. "Ek is eintlik vrek bang vir spinnekoppe, maar hulle maak darem regtig kunswerke so deur die nag. Dankie dat jy vir my gewys het. Ek moet nou gaan aantrek."

Pieter se stem klink op toe sy begin wegstap.

"Jou hare lyk mooi. En ek hou van jou Tweeties!"

"Dankie. Die Tweeties is lekker warm en als maar darem regtig nie gemaak vir vêr ente stap nie." Sy staan 'n oomblik stil, wonder hoe sy hom moet bedank vir die kompliment oor haar hare. Sy het vir soveel jare sonder komplimente geleef dat sy nie meer weet hoe om daarop te reageer nie. Sonder 'n woord stap sy haar huisie binne en trek die deur op knip agter haar.

Ure later strek sy haarself uit en staan op van agter die tafel waar sy gesit en werk het. Oop lêers en die papiere waarop sy notas gemaak het lê oor die tafel versprei. Gelukkig is sy goed bekend met die gedigte en kortverhale wat die matrieks moet behandel. Maandag sal sy vinnig moet vasstel hoeveel die leerlinge op hulle eie baasgeraak het. Sy voel gereed vir die nuwe uitdaging, eintlik opgewonde om weer haar passie voltyds te kan uitleef.

In die kombuis haal sy eiers en spek uit die yskas. Haar oog vang die horlosie teen die muur. Kwart oor twaalf! Sy wou nog vir ant Hartjie nooi om saam met haar ontbyt te kom eet! Sy glo nie die tannie eet dié tyd van die oggend nog ontbyt nie, lag sy vir haarself. In 'n klein potjie maak sy poetoepap. Dit was Pa se gunsteling ontbyt, dink sy toe sy die eiers in 'n pan breek. 'n Lekker saggebakte eier en poetoe. Die onthou spoel oor haar.

Sy was 'n gelukkige kind, Pa se oogappel. Die een wat saam met hom op die plaas sou rondry en beeste tel. Haar vroegste herinneringe is van 'n klein dogtertjie met 'n doek oor die arm en 'n bottel melk in die hand, agter Pa se blad in die bakkie. Wanneer sy vaak word sou Pa haar net omdop op die bakkie se sitplek. Sorgeloos en veilig sou sy heel oggend saam met Pa spandeer om, soms vuil tot agter die ore, net voor middagete weer huis toe te gaan. Saterdae sou Pa vroeg opstaan om die poetoepap te maak en sy sou, soos Pa, die poetoepap in die eiergeel inroer en happie vir happie eet. Hoe verlang sy nie na daardie sorgelose tyd nie.

Toe sy begin skoolgaan het Pa in die middag gewag waar die skoolbus haar aflaai, haar ou klere in die bakkie. Sommer so in die ry sou sy haar skoolrokkie uittrek en die hempie en broekie aantrek, reg om verder te boer. Saans het Pa saam met haar gesit terwyl sy huiswerk doen, die reuk van sy pyprook soos 'n kombersie om haar.

Toe kom die droogte. Die tye saam met Pa in die bakkie het minder en minder geword, en later heeltemal opgedroog. Pa het stiller en grys geword. Wanneer sy sou vra om saam te ry sou hy net "Nee, Riets, nie vandag nie," sê, totdat sy opgehou het om te vra. Moontlik wou hy haar die hartseer van beeste wat maer geword het spaar, dink Rita. Arme Pa. Die trek dorp toe het hom gebreek. Sy dood toe sy in standerd 8 was, was vir niemand 'n skok nie. In die dorp, sonder sy geliefde diere, het hy bietjie vir bietjie weggekwyn.

Sy droog die laaste pan af en bêre dit in die kas. Darem een goeie gewoonte wat sy so oor die jare aangeleer het, grinnik sy. *'Cleanliness is next to godliness'* het Jacobus geraas as sy dit wou waag om die skottelgoed vir later te bêre. Ja Jacobus, sou sy in haar gedagtes antwoord, en obedience is next to criticism in hierdie huis.

Sy bekyk haar hande toe sy room aansmeer. "Ek wonder of Cecile naels ook doen," wonder sy hardop. "Een manier om uit te vind."

Ant Hartjie se agterdeur staan oop. Rita klop eers en roep dan: "Tannie Lizzie? Is tannie hier?"

"Kom deur kind. Ek's hier agter in my werkskamer."

Dis die deurmekaarste kamer wat Rita nog ooit gesien het. Rolle materiaal staan teen die een muur. Die ander muur word beslaan uit boekrakke waarop legkaarte en ander kinderspeelgoed staangemaak is.

"Jy kom of jy gestuur word, Hartjie. Wat weet jy van naaldwerk? Ek wil vir een van my kindertjies 'n rokkie maak vir haar verjaarsdag maar die patroon wil nie lekker uitwerk nie. Pleks ek uit my kop uit gesny het soos ek altyd doen, maar nee, Lizzie Meyer wil mos weer fancy wees. Is dit nie die mooiste lap nie?"

"Laat ek kyk. Ek sal myself nie 'n naaldwerkster noem nie, maar ek het darem al so een of twee rokkies in my lewe gemaak." Rita neem die halfgemaakte rokkie en gaan sit op 'n stoel langs ant Hartjie. "Hier's die fout. Tannie het die voorpant agterstevoor aangestik."

Ant Hartjie skuif haar bril tot mooi voor haar oë en kyk waar Rita wys.

"So by my kool. Kan jy dit nou glo. Tyd vir nuwe brille vir Lizzie!" Sy gooi die materiaal op die tafel voor haar neer en lag. "Oudword is nie vir sissies nie, nè! Maar jy het nie hiernatoe gekom om my geknoei reg te maak nie. Waarmee kan ek help, Hartjie?"

"Weet Tannie of Cecile naels ook doen? Ek wil sommer bietjie hierdie kort goed net bietjie laat versorg. Hulle pas nie by my hare nie," lag Rita.

Dis 'n paar uur later voor Rita weer haar deur agter haar toetrek. Ant Hartjie het eenvoudig haar selfoon opgetel en gebel.

"Sussa, is jy besig? Nou vat dan nou dadelik daai tassietjie van jou en klim in jou kar. Jy kom nóú hiernatoe en ek wil g'n verskonings hoor nie. Jy was heeltemal te lanklaas hier." Rita het onthou hoe Pieter Donderdagaand gesê het – as Lizzie Meyer praat, luister jy.

Terwyl ant Hartjie die rokkie klaar gemaak het, het Cecile haar naels versorg. "Net 'n sagte oesterpienk vir eers," het Cecile gepreek. "Ons kan stadig aan langer en donkerder werk."

Die gesels het gevloei. Rita kon net luister na die gebabbel van die ander twee vrouens en vir die hoeveelste keer die laaste paar dae, het sy onbevange gelag.

"Hoeveel kinders hét Tannie," kon sy nie help om te vra na die gesprek rondom die rokkie wat sy vir een van haar 'kinders' maak gaan draai het nie.

“Nee Hartjie,” het die antwoord gekom. “Ons liewe Here het dit goed gedink om nie vir Lizzie en Sarel kinders te gee nie. Hy het geweet ons sal in die buurt kom bly waar daar soveel kindertjies is wat nie regtig ’n ouerhuis het nie en vir wie ons kon ma en pa speel.”

Cecile het verder vertel. “My pa het op die spoorweg gewerk, of soos ons hier sê, op die railways. Hy was byna nooit tuis nie. Wanneer hy wel by die huis was, het hy geslaap. Ma het permanent ’n nuwe baby op die heup gehad. Pa het duidelik nie nét geslaap nie’” het sy gelag. “Ons was agt kinders en die geld was min. Ek was een van die eerste kinders wat hier by ant Hartjie ’n bord kos in die middag gekry het, ek en my twee boeties. Elke middag het ons direk van die skool af hierheen gekom. Ant Hartjie het ons gevoer en gesorg dat ons huiswerk doen voor ons huis toe is om die klomp kleintjies te gaan versorg. Sy het die rol van ma in my en baie ander kinders se lewens vertolk.”

“En Pieter?” kon Rita nie help om te vra nie.

“Eintlik moet jy dat hy jou self vertel,” het ant Hartjie geantwoord. “Kom eet môremiddag hier. Ek kook altyd groot op Sondae. Dan vra jy hom om sy storie te vertel. Klein karnallie gewees daai!”

Sjoe, dink Rita later toe sy regmaak om te gaan slaap, drie dae in Presidentspark en sy voel asof sy hier hoort.

Sondagmiddagete ontwikkel in ’n heerlike middag, een waar Rita haarself kort-kort uitbundig hoor lag.

"A nee a," sê Pieter toe hy by die kombuisdeur instap, "word die Royal Albert eetstel dan nie uitgehaal nie? Ek dog ons het kuiermense!"

"Waar sien jy kuiermense, Hartjie? Dis net familie vandag. Ek haal net daai goed uit as dominee kom huisbesoek doen en ek gaan hom wraggies nie blootstel aan julle spul nie."

Rita voel 'n heerlike warm kolletjie in haar binnekant ontwikkel. 'Familie.' Hierdie mense wat sy skaars ken, wat haar glad nie ken nie, beskou haar as familie.

"Okay, Hartjie," ant Hartjie neem Rita aan die arm. "Kom laat ek jou voorstel aan die klomp. Almal my kinders. Vir Pietman en Cecile het jy al ontmoet. Dis Clive, Cecile se Engelsman man – hy probeer hard by ons boertjies byhou – en Tjaart en sy vroutjie, Corrie. Die kleintjies hol hier buite soos mal goed rond, te bly om weer my tuin te kan omdolwe." Daar is 'n duidelike trots in ant Hartjie se stem hoorbaar. "Dit is Rita, die nuutste lid van ons familie. Gee tog die arme mens eers kans om asem te skep voor julle haar ook begin mal praat."

"Fat chance," lag Clive. "Welcome to the madhouse, Rita. May I give you some advice? Just smile and nod. Only way to survive." Hy koes gemaak en lag toe Cecile hom met die vuis op die bo-arm bydam.

Oor 'n bord gewone boerekos word daar geskerts en gelag.

"Pietman, vertel jy nou eers vir Rita hoe jy by my uitgekom het. Hy het homself sommer self hier ingewurm, Hartjie. My kos was kwansuis lekkerder as sy ma s'n."

Pieter sit sy arm om ant Hartjie, wat langs hom sit, se skouers. "Tjaart en ek was kleintyd al beste maats. Toe hy begin om by ant Hartjie kos te kry, het ek agterna gepiekel. Kos was daar by my huis genoeg. My pa was 'n vragmotorbestuurder..."

"Lorriedrywer!" val Tjaart hom in die rede. "En jy het in sy voetspore gevolg."

"Ja okay," lag Pieter. "My pa was 'n lorriedrywer en het goeie geld verdien, maar hy was selde by die huis. Daar was nooit 'n gebrek aan geld nie, maar liefde en aandag het ek min gekry. By ant Hartjie was dit lekker. Sy het met ons gesels en gespeel. Ek het permanent begin wegloop na ant Hartjie en dok Sarel toe, selfs oor naweke."

"Hulle het ons meer gegee as kos," voeg Cecile by. "Hulle het ons selfrespek geleer. Dit het nie saak gemaak of ons arm was nie, of ons ouers gomgatte was nie. Ons was iets werd."

"Ja toe nou, julle maak my nou skoon verleë. Hou nou maar op en gaan kry die poeding. Ek het maar net gedoen wat in my hart is." Ant Hartjie glimlag. "Netnou dink Rita ek is een of ander heilige. Sy het nie gesien hoeveel keer ek julle warm geklop het oor al die nonsens wat julle aangejaag het nie!"

Dis laatmiddag toe Rita weer in haar huisie kom. Na die heerlike ontspanning is sy nie lus wat vir haar voorlê nie. Maar langer kan sy nie uitstel nie. Sy skakel haar skootrekenaar aan, maak die e-pos toepassing oop en begin tik:

Liefste Sus

Ek verlang na jou. Ek verlang na die klein dogtertjie wat met haar koppie op my bors kom lê het voor sy saans bed toe is, die klein dogtertjie wat daardie dag hartverskeurend gehuil het toe ek haar by die kleuterskool afgelaai het. Ek onthou dit soos gister. Jy het jou arms om my nek gesit en met die trane wat oor jou wangetjies gerol het, dit uitgesnik: 'Hoe gaan ek tog leeeeeeeewe sonder jou, Mamma?' Ek mis die jong meisie wat soggens, voor alles so vreeslik verander het, Saterdagoggende by my in die bed kom kruip het en met haar kop op my skouer gelê het. Onthou jy ons geselsies?

Liefkind, my hart wil breek as ek aan jou dink daar in die vêrte en die gedagte dat jy kwaad is vir my. Ek gaan nie jou pa se beeld in jou oë probeer verander nie. Ek vra net dat jy jou hart baie mooi moet ondersoek. Ek wil net hê jy moet vir 'n oomblik dink aan die ses jaar wat verby is, probeer om my posisie raak te sien. Dink daaroor of daar werklik enige geluk in ons huis was. Wanneer laas het ons gelag, sommer oor lawwe dinge? Wanneer laas kon ons net laf wees? Daar is soveel voorbeelde wat ek vir jou kan gee, maar ek wil hê jy moet dit self besef. En, my liefie, hoekom is jy weg Nederland toe? Hoekom het jy jou droom van medies swot net so opgegee en op die eerste, beste vliegtuig geklim, so vêr moontlik weg van die huis af?

Ek heg vir jou 'n foto aan. Ek het my hare laat sny ...

Ek mis jou!!!!!!!

Liefde

Mamma

Rita vee met haar hande oor haar wange wat nat is van die trane. Ek haat jou, Jacobus. Jy het nie net mý lewe van my af weggeneem nie, jy het my dogter ook vergiftig met jou siek idees.

Hoofstuk 4

"Okay brats, that's enough for today. I am really proud of you. You have done more than expected. On Monday we are going to start with poetry, which I am really looking forward to. I have a little package of reading material for you for the weekend. You need to have a little knowledge of colonialism before you will understand some of the poems. Ja toe nou maar, Eugene, ek het 'n Afrikaanse artikel ingesluit, net vir jou." Rita lag toe sy die gepynigde uitdrukking op die grootste terggees in die klas se gesig sien. "Go home now and be good!" groet sy die dertigstuks matrieks toe hulle met 'n groot lawaai opstaan en by die klas uitstorm.

Dit was 'n wilde paar dae, dink sy toe sy in haar kar klim om huis toe te ry. Haar eerste twee weke by President Hoërskool het verbygevlieg. Eugene en sy trawante, die 'manne' van die eerste rugbyspan, het hard probeer om die lewe vir haar moeilik te maak. Tipies seun, dink sy, is elke grens probeer uitdaag. Met 'n gesonde sin vir humor en 'n sterk skeut sarkasme, kon sy elke poging om haar gesag te ondermyn, fnuik.

In die personeelkamer voel sy egter steeds nie op haar gemak nie. In groot groepe steek haar gevoel van sosiale ontoereikendheid maar nog steeds kop uit. 'Pastoor se vrou' moes altyd iewers op die agtergrond huiwer, altyd so tree agter pastoor sodat sy nie sy glans sou steel nie. Nou, ses maande later, sukkel sy nog steeds om haarself te vind tussen ander grootmense.

Môremiddag word die jaarlikse personeel-funksie gehou en sy word naar as sy daaraan dink. Dit is blykbaar 'n heerlike dag, volgens Miems, heerlik ontspanne. Almal se gesinne kom saam, die kinders speel en die grootmense kuier en braai. Rita wens sy kon haarself verskoon, maar dis nie eens 'n opsie nie. Sy móét daar wees want, het Miems gefluister, dis sommer haar verwelkoming ook.

"Ons hou van paartie by die skool hoor. Sommer elke kwartaal. Meneer sê dit hou die personeel se moraal hoog as hulle so kort-kort bietjie saamkuier."

Sy sug. "Verdomde Jacobus! Hoe lank gaan ek nog onder die gevolge van jou drakoniese reëls moet ly? Jy het alles van my gesteel, my selfvertroue, my menswees, my kind! Maar toemaar, karma is 'n bitch en ek wag vir die dag dat jou paleisie gaan verkrummel."

Daar is 'n briefie teen haar deur toe Rita later by die huis kom. *Koffie. 4 uur.* Sy glimlag. Mens leer baie vinnig om nie te stry met ant Hartjie nie. Haar wasgoed is eenvoudig kom haal en later gestryk teruggebring. Elke middag staan haar bord kos in die mikrogolfoond vir haar en wag. "Ek maak in elk geval kos vir die kindertjies wat hier kom eet en huiswerk doen. Wat sal een ekstra bord uitskep nou van my vat?" was die antwoord toe Rita gaan dankie sê het. "En nee, jy betaal nie een sent ekstra daarvoor nie, Hartjie. Ek doen dit met liefde."

Vir Pieter het sy sedert die Sondag toe hulle saam geëet het nog nie weer gesien nie. Volgens ant Hartjie is hy Kaap toe en kom hy vandag weer terug. "Hopelik bring hy weer vir my druiwe saam. Hy laai altyd so ou kissie of twee voorin die trok as hy in die Kaap gaan druiwe laai," het ant Hartjie vertel.

Cecile het haar al twee keer gekontak, elke keer net om te hoor of sy nog 'oraait' is en om sommer net te klets.

Sy grinnik terwyl sy haar skoene uitskop en haar Crocs aanglip. Vir jare lank het sy een vriendin en skielik, in twee weke se tyd, maak sy sommer 'n string vriendinne ... as sy twee 'n string kan noem. Miems, ten spyte van haar besige kantoor, knyp elke dag 'n tydjie af om te kom gesels. Deur Miems se oë het sy heelwat van haar nuwe kollegas leer ken.

"Ek skinder nie hoor! Ek vertel maar net," het Miems haarself verdedig, veral wanneer sy lekker sappige stories oorvertel het. "As jy mense se stories ken kan jy hulle beter verstaan."

So het sy gehoor dat Marita Opperman se dogter aan dwelms verslaaf is en dat grootbek Gert se vrou 'n drankprobleem het. "Ai, Mens, mens weet ook nie aldag wat ander agter hulle maskertjies wegsteek nie, nè," het Miems gesnuif. Rita het maar net haar kop geknik. Sy, van alle mense, het die waarheid van daardie stelling maar te goed begryp.

"Heiden, tannie gaan my vet voer!" Die koffie-koppies staan klaar reg op die tafel langs die, nou al bekende, melktert.

"Is mos my plan daai, Hartjie. Jy is altevol te maer. Kom sit dan skep jy vir jou 'n stukkie tert. Ek dink Pietman gaan ook netnou hier inval. Dis sy gewoonte op 'n Vrydag. Vertel nou eers, hoe gaan dit by die skool? Het jy darem jou voete gevind? Maats gemaak?"

"Tannie laat dit klink of ek een van die kinders is." Rita lag. "Ek was so besig ek het omtrent nie grond gevat nie. Maar nou is ek op datum en sal dinge darem rustiger gaan."

"Ja-nee, jong. Ek het jou net so sien verbyhol na jou huisie toe. As ek nie gesorg het dat jy kos het nie, het jy seker nooit ordentlik geëet nie."

"Ek kan nie genoeg dankie sê vir daai bord kos elke middag nie. Dit het my lewe gered!" Sy huiwer 'n oomblik. "Dalk kan Tannie weer my redding wees. Ons het môre personeelbraai en ek sien vreeslik op daarteen. Almal kom met hulle gesinne en dan kom ek soos Kiepie alleen daar aan..."

Ant Hartjie val haar in die rede. "Maar vra vir Pietman om saam met jou te gaan. Hy ken omtrent almal. En hy kan tog so lekker met mense gesels."

"Dis wat ek by tannie wou hoor. Dink tannie nie hy gaan dink ek is vreeslik voorbarig nie. Ons ken mekaar skaars maar ek voel nogal op my gemak by hom."

"Hoor ek my naam? Kan skaars my rug draai of daar word oor my geskinder." Pieter se groot gestalte vul die deuropening. Hy vou ant Hartjie in sy arms toe. "Hallo vrou van my hart."

"Het jy druiwe gebring of weer net 'n sak vuil wasgoed?" Ant Hartjie gee hom 'n druk en staan dan weg. "Jy kom of jy gestuur is, Hartjie. Rita wil jou 'n groot guns vra."

Pieter sug dramaties. "Ag nee, nie weer gordyne hang nie."

"Mens sou sweer jy werk jou dood as jy hier kom. Nee man, wat maak jy môremiddag? Kanselleer dit sommer want jy gaan saam met Rita braai toe."

"Tannie Lizzie! Skies, Pieter. Ek sou jou ordentlik wou gevra het." Rita maak groot oë vir ant Hartjie wat onskuldig koffie afmeet in die koppies.

Pieter vou sy arms en leun nonchalant teen die deurkosyn. "Nou vra dan. Ek is seker ek kan maar my hot date kanselleer..."

Rita voel hoe sy bloos. "As jy niks aan het môre nie, sal jy nie asseblief saam met my na die braai by die skool gaan nie. Ek ken die mense daar nog nie goed nie. Was so besig dat ek nie baie tyd in die personeelkamer spandeer het nie, en nou voel ek vreeslik ongemaklik."

"My Hart," Pieter grinnik na ant Lizzie.

"Sal jy omgee as ek my hot date met jou cancel om die arme vrou uit haar verknorsing te red? Ek is hoeka so lus vir 'n ou vleisie op die kole."

"Ag, ek is seker ek sal dit oorleef," spot ant Hartjie saam. "Maar jy gedra vir jou. Ek wil nie agterna allerhande stories hoor nie!"

"Hoe ken jy my, my hart? Ek is dan die voorbeeld van goeie gedrag!"

"Ja ja. Ek het nie 'n te slegte job met jou gedoen nie. Sit en drink jou koffie. Ek het my heeldag gestaan en afsloof voor die stoof om die melktert te bak. Eet!"

Rita kan maar net lag. Ant Hartjie is goed vir haar gemoed.

Terwyl Rita later haar nagklere aantrek, hoor sy haar rekenaar pieng. Dis twee weke sedert sy vir Janine daai e-pos gestuur het, twee weke waarin sy niks gehoor het nie. Sy is amper te bang om Janine se antwoord te lees.

Mamma se hare lyk mooi. Vreemd maar mooi. Kannie onthou dat ek mamma ooit met iets anders as die lang hare gesien het nie.

Dit gaan goed hier. Ek bly by 'n baie oulike gesin. Twee oulike dogtertjies. Sukkel nog maar met die 'Nyderlands' wat die mense praat, veral die dogtertjies wat nie kan Engels praat nie maar ons kom reg.

Mamma, ek is jammer oor die dinge wat ek gesê het voor ek weg is. Dit was net soveel makliker om mamma te blameer vir als as wat dit was om die waarheid aan myself te erken. Mamma weet mos, as mens 'n kind is dink jy soos 'n kind. Die paar maande hier het my egter vinnig laat grootword. Mamma moet my asseblief net bietjie tyd gee. Daar is dinge wat ek eers met myself moet uitmaak, dinge wat ek nie nou oor kan praat nie. Ek is verskriklik lief vir mamma en my hart pyn as ek dink aan als wat ek gesê het. Ek mis mamma meer as wat ek in woorde kan sê. Skies vir daai kortaf okay nou die dag ook. Dit was 'n slegte

dag – Pappa het vir my 'n lang email gestuur wat my baie ontstel het en die idee dat mamma gelukkig is, was vir my op daai oomblik net te veel. Ek is bly dat mamma 'n mooi plekkie het. Stuur foto's asseblief.
Lief jou baie
Jantjies

Saterdagoggend staan Rita moeilik op. Haar kop is seer van al die huil. Sy wil nie meer huil nie maar Janine se briefie het haar ongelooflik hartseer gemaak. Sy wens so dat sy geweet het hoe om iemand se rekenaar te hack, dat sy kon sien watse gif Jacobus in Janine se kop plant.

"Here," bid sy tot Martie en dominee Jaco se God, die God van liefde en vergiffenis, "help my kind om eendag die ware verhaal raak te sien. Help my om te kan vergewe, om hierdie haat in my hart te kan verwerk en U weer te kan raaksien as die God van liefde en nie die God wat straf waaroor Jacobus gepreek het nie."

'Tyd vir 'n grandpa'tjie,' onthou sy haar ouma se woorde toe sy 'n rukkie later 'n hoofpynpil afsluk. Nou beter sy begin om haarself reg te ruk en ontslae te raak van die dikgehuilde oë. Pieter kom haar elfuur oplaai. Dis gelukkig 'n heerlike laatwinter dag, ideaal vir buite kuier.

Sy staan lank voor haar hangkas, bekyk haar nuwe klere en besluit dan op 'n sagte pienk bloes saam met haar mooiste denim. Die denimbaadjie waarop Martie aangedring het, sal genoeg wees indien dit koelerig raak. Vandag steek sy haar ongemaklikheid weg agter mooi klere.

“Hallooooo,” hoor sy Cecile se stem terwyl sy voor die spieël staan met die grimering wat sy nog selde gedra het, voor haar uitgepak op die tafel. Skool toe het sy net so sweempie maskara aan die wimpers gesmeer. Sy is nog glad nie bedrewe met die klomp goed wat Martie haar maak koop het nie.

“Waar’s jy?” Cecile warrel by haar kamerdeur in. “Jy moet jou deur sluit! Ek kon als weggedra het, hoor,” lag sy. “As if! Ant Hartjie se stem alleen sal enige inbreker afskrik.”

“Jy kom asof jy gestuur is! Ek weet nie van grimering nie.”

“Ek ís gestuur.” Cecile lag. “Ken jy nog nie vir Lizzie Meyer nie? Sy het my gisteraand gebel en my nie eens kans gegee om te groet nie. Dit was net ‘jy pak jou tassie en kom Rita se make-up môre doen.’ Sit girl dat ek my magic kan doen. Hoe lyk jou naels? Hulle kort sommer ’n top-up ook.”

’n Uur later staan Rita verstom voor die spieël. Sy draai haar kop die kant toe, dan daai kant toe. “Wow! Net wow. Cecile, jy is werklik ’n towenaar. Ek kan nie glo dis ék nie.” Sy gryp Cecile om die lyf. “Dankie, dankie, dankie!”

“Ja toe nou maar. Ek het ’n goeie canvas gehad om op te werk. Jy het werklik ’n voortreflike beenstruktuur. En dit was net ’n plesier. Go knock them dead, vriendin!”

Pieter se wolwefluit en “Verskoon my, is Rita dalk hier,” laat haar gloei van plesier. Martie was reg, as jy mooi lyk, kry jou selfvertroue sommer ’n reuse hupstoot.

In die kar bekyk sy hom skelm. Daar's 'n beduidenis van grys teen sy slape. Hy het regtig 'n besondere kleur hare, dink sy. Amper sjokolade bruin. Sy oë, nou weggesteek agter 'n sonbril, is 'n rare grysblou en altyd vol tergduiweltjies; en hy ruik só lekker. Onwillekeurig hoor sy Jacobus se stem die dag toe sy met 'n botteltjie naskeermiddel by die huis opgedaag het. *"Lyk ek dalk vir jou skeef, Margaritha? Mans ruik soos man, nie soos een of ander verpoefde, verwyfde ding nie."* Later het hy nie eens meer sweetweerder gebruik nie want dit sou *"teen die wil van ons Vader"* wees. Selfs seep moes natuurlik, ongeparfumeerd wees en sy en Janine moes ook van alle parfuum ontslae raak. *"Die mens mag nie God se skepping besoedel met mensgemaakte produkte nie,"* het hy gepreek.

Nee. Nie vandag nie, dink sy. Dis verby! Ek gaan hierdie dag geniet, al klop my hart benoud in my bors.

Daar is tafels en stoele op die plaveisel voor die skoolsaal uitgepak. Een kant brand die vure al toe Rita en Pieter voor die skool stilhou.

"O gaats, ons is laat," laat hoor Rita benoud.

"Perfek. Ons gaan dan mos 'n behoorlike entrance maak." Pieter maak die kar se deur oop en hou sy arm galant vir Rita. "Kom, ek is nou behoorlik honger en dors. Ant Hartjie se melktert is eeue gelede al dwarsdeur my sisteem."

Meneer Venter stap hulle tegemoet met 'n uitgestrekte hand. "Pieter, welkom hier man. Jou lanklaas gesien. Hoe gaan dit met die besigheid? Hallo Rita, hoop jy oorleef hierdie dag!" Hy lag. "Na vandag gaan jy behoorlik weet jy is deel van President

Hoër. Kry vir julle koeldrank. Ongelukkig het die skool nie 'n dranklisensie nie so ek mag julle nie enige iets sterker as koeldrank aanbied nie, maar," hy hou sy hand bak voor sy mond en fluister gemaak dramaties, "Gerbrandt en Theuns is in beheer van die kattebakkwaad. Julle gaan daar 'n koue bier kan kry."

Miems kom haar met uitgestrekte arms tegemoet. "Hallo julle. Hel Pieter, jy raak mos by die dag mooier. Het jy nog nie besluit om my ou man te kom uitwerk nie? Jy lyk alte mooi, Riets. Kom ons gaan groet die ander. Moenie probeer onthou wie is wie se vrou nie, jy gaan net deurmekaar raak." Met haar arm om Rita se middel stap sy aan na waar die ander vrouens by die tafels sit. Rita kyk beangs om na Pieter wat lag.

"Ek kom jou nou red. Laat ek net gou my gesig daar by die manne wys."

Rita is later skoon uitgeput vrae beantwoord. Sy word behoorlik uitgevra oor waar sy vandaan kom, hoe die skool op Adelsrust funksioneer, hoe sy haar verblyf in die stad vind. Miems kom 'n paar keer tot haar redding toe die vrae te persoonlik raak, deur die onderwerp subtiel te verander. So asof sy weet dat Rita nie oor haar persoonlike lewe wil praat nie.

Toe die vleis gaar is sluit Pieter by haar aan.

"Hoe kry julle enige werk by dié skool gedoen," vra hy spottend. "Genade, die manne het my ore van my kop af gesels en dit het gelyk of jy ook goed deurgeloop het. Kom ons gaan skep vir ons op." Hy vat Rita se hand toe hulle na die kostafel stap.

Sy kyk op na die groot man langs haar. Dit voel so natuurlik met haar hand in syne. Wanneer laas het sy

’n man se hand vasgehou, wonder sy. Wanneer laas het sy so geborge gevoel; het ’n man vir haar die lekkerste tjoppie uitgesoek en haar bord vasgehou sodat sy slaai kan skep?

Hy neem weer haar hand in syne toe die hoof die seën oor die kos afbid en later, toe die borde leeggeëet is sit hy sy hand agter haar op die stoel se rugkant. Rita voel die hitte van sy hand op haar skouer. Sy voel hoe ’n warmte in ’n plekkie diep binne haar posvat.

Pieter waai die jongmanne wat hom kom vra om saam met hulle krieket te speel, weg.

“Nee aarde, manne. My maag is nou so dik gevreet, ek sal nie ’n bal kan raakslaan nie. Gaan speel julle kinders nou maar. Ek en Rita gaan nou rustig, soos die oumense wat ons is, hier sit en vir julle kyk.”

Hy vryf oor haar bo-arm. “En? Darem oorleef?”

Rita glimlag vir hom. “Ook maar net! Die mense praat mens dom!”

Rustig sit hulle en kyk hoe die jongklomp ’n nuwe vorm van krieket speel. Die gewone krieketreëls het iewers met rugby begin deurmekaar raak want die persoon wat hardloop om die bal op te tel word gelak en ’n stoeigeveg breek elke kort-kort uit.

Die son is besig om onder te gaan toe die hoof almal bymekaar roep.

“Dankie mense. Dit was, soos gewoonlik, ’n baie lekker dag. Dis nou tyd dat almal huis se kant toe staan. Die jong manne, julle moet julle moeë lywe nou laat rus en daai bloukolle gaan versorg. Maandag is dit weer besigheid soos altyd. Dit bly vir my ’n voorreg om met julle geassosieer te word. Ons is nie verniet die nommer een skool in ons distrik nie. Dankie vir wat julle vir ons kinders beteken en vir die manier wat julle mekaar dra. Ons werk nie met die room van die stad nie, maar tog is ons uitslae jaar na jaar veel beter as wat van ons verwag word. Kom ons staan nader en sluit die dag op ons gewone manier af."

Rita voel hoe sy opgetrek word uit haar stoel en ingetrek word in 'n sirkel van mense wat, hand om die lyf, hulle koppe buig. Haar keel word dik terwyl sy luister na die hoof se opregte dankgebed. Aanvaarding ... dit is hoe aanvaarding voel, besef sy.

"Amen," beaam die groep mense die hoof se gebed.

"Groepsdruk!" skree een van die jonges. Arms span stywer om skouers en Rita voel 'n soen op haar wang.

Met 'n laaste 'Bye. Sien Maandag' beweeg die mense na hulle karre.

"Ek kan nie glo ek het so opgesien na die dag nie, " merk Rita op terwyl hulle huis toe ry. "Dit was regtig aangenaam. Dankie dat jy saamgekom het."

Pieter sit sy hand op haar knie en druk dit liggies voor hy sy hand weer op die stuurwiel plaas.

"Dit was vir my 'n groot plesier. My werk is van so aard dat ek selde die geleentheid kry om so te kuier. Ek het dit baie geniet."

Dis donker toe hulle voor haar huisie stop. Pieter neem die sleutel uit haar hand om die deur oop te sluit.

"Jy het vreeslik mooi gelyk vandag, hoor." Hy leuen vooroor, soen haar saggies op die voorkop en vee dan oor haar wang met sy kneukels. "Lekker slaap."

Ant Hartjie maak die deur oop toe Pieter klop.

"Ta'Lizzie..."

"As jy my Ta'Lizzie weet ek daar's groot fout. Ek dink laas wat jy dit gedoen het was die dag voor die prefekverkiesing toe hulle jou gevang rook het. Kom sit. Ek luister."

"Wat weet tannie van Rita af? Sy praat niks oor haarself nie. Vandag, daar by die braai ... sy het oor alles gesels behalwe oor haarself. Ek weet tannie praat nooit uit nie, maar... heng..." Hy vee vervaard oor sy gesig, deur sy hare.

Ant Hartjie kyk lank na hom voor sy antwoord. "Nee, ek praat nooit uit nie, maar die keer sal ek 'n uitsondering maak. Ek ken jou, my kind." Sy vat sy twee growwe hande in hare. "Ek weet jy sal mooi na haar hart kyk en daarom sal ek vir jou vertel net dit wat ek weet. Sy is so halfjaar gelede van haar man geskei, hy is 'n pastoor op die dorp waar sy vandaan kom. Die dorpenaars het haar verguis oor die egskeiding en sy het gevlug hierheen. Ek weet sy het 'n dogter. Sy het nou die dag genoem dat die tweede kamer in die huisie lekker sal werk vir wanneer haar kind kom kuier." Sy bly lank stil voor sy verder praat. "Jy het jou hart verloor, nè?"

"Hoe gebeur sulke goed, ant Hartjie? Hoe voel mens sommer net eendag hierdie gevoel van absolute deernis vir iemand wat jy glad nie ken nie? Waar kom hierdie gevoel van ek wil haar met alles in my beskerm teen wat ook al haar oë so seer gemaak het, vandaan?" Hy staan op uit sy stoel en begin op en af loop in die kombuis. "Na Mariette ... ek het myself voorgeneem dat ek nooit weer 'n vrou sal liefkry nie, en nou ... heiden, ek het nog maar drie keer met haar gesels, en dit ook maar oppervlakkig van agter my flippen narmasker."

Ant Hartjie sit stil vir hom en kyk voor sy praat. "Kom sit my kind. Daar is geen verklaring vir die tipe goed nie. Oom Sarel en ek het mekaar skaars ses maande geken voor ons getroud is. Ons het net geweet, sommer daai eerste dag wat ons mekaar gesien het. Jy en Mariette ... julle was so jonk toe julle getroud is, julle het so min tyd gehad voor sy siek geword het. Ek weet jy was lief vir haar, maar jy het jouself geluk ontsê na haar dood. Jy kón haar nie red nie, Pieter."

"Ek weet, Tannie. Maar ai, ek wil nooit weer so seerkry nie. Ek het hoe lank gesukkel om 'n rofie oor die seerplek te groei. Is ek regtig braaf genoeg om myself weer bloot te stel?"

"Die vraag is eerder – is jy braaf genoeg om nié te reageer op wat jy voel nie? Gaan maak die saak met jouself uit, Hartjie. En, werk saggies met haar. Sy het 'n anderste soort seer."

Hoofstuk 5

Rita draai lui om en steek haar hand uit na die foon wat lui en lui. Sy het, vir die eerste keer in jare, werklik droomloos geslaap. Sy strek behaaglik uit voor sy die foon raakvat net toe hy stil raak en omtrent dadelik weer begin lui.

"Dominee Jaco, Jy's vroeg op my spoor. Hoe gaan dit?"

"Riets, het jy die koerant al gesien?"

Rita sit regop en swaai haar bene van die bed af. "Nee." Haar hart begin woes klop toe sy die erns in Jaco se stem besef. "Jaco, wat gaan aan?"

"Vanoggend toe ek gaan draf het, ek draf elke oggend daar by die kafee op die hoek by die kerk verby, was hulle net besig om die koerante af te laai en die plakkaat teen die venster op te plak. Riets ... Jacobus is gisteraand gearresteer. Dis in al die koerante."

"Wat?" Rita voel hoe die bloed uit haar gesig dreineer. "Ek bel jou later."

Later kan sy nie onthou of sy gegroet het nie of hoe sy in haar klere gekom het nie. Beide die Afrikaanse en Engelse Sondagkoerante skree dit in groot swart letters van die voorblad af:

Plattelandse pastoor vas
He preached more than love

Jacobus, sy gesig opgehef na die hemel, hande op die koppe van twee vrouens - hulle gesigte uitgedof - knielend voor hom. Rita weet wie hulle is. Suster Anna en suster Magdalena. Annette en Magdel wat onder Jacobus se leiding hulle 'skuldlas afgewerp' het en sy grootste aanhangers en propagandiste geword het wat met hart en siel siele werf vir die kerk. Rita voel hoe die naarheid haar oorval terwyl sy die berig lees.

Pieter reik na sy foon agter hom op die tafel terwyl hy met die ander hand kookwater in sy koffiekoppie gooi.

"Ant Hart, verlang jy al klaar na my?"

"Pietman, daar's nie tyd vir praatjies maak nie. Ek dink jy moet by Rita uitkom!"

"Dis nog vroeg, ant Hartjie. Sy slaap seker nog..."

"Ek sê dan daar's nie tyd vir praatjies maak nie! Luister nou en klim solank in jou bakkie. Sy is netnou hier by haar deur uit, nie eens gegroet nie. Net, toe ek groet, geskree 'koerant' en weg is sy. Sy was so wit soos 'n laken. Iets is fout."

Hy kry haar waar sy in die sitkamer sit, die koerante oopgesprei rondom haar. Sy kyk verdwaas op toe hy voor haar kniel en haar hande in syne neem. Hy het in die ry Netwerk 24 opgesoek en sy oë vlugtig laat gaan oor die hoofberigte. Dit was nie moeilik om twee en twee bymekaar te sit toe hy die naam Adelsrust raaksien nie.

"Pieter? Wat maak jy hier? Hoe het jy ingekom?" Haar stem is leeg, sonder emosie.

"Jou deur staan oop. Tannie Lizzie het my gebel. Is jy okay, Ounooi?" Haar hande is ysig tussen syne.

Sy kyk half verwilderd na hom. "Tannie Lizzie? Ek was ongeskik. Het haar nie eens gegroet nie. Is sy kwaad?" Dan vertrek haar gesig terwyl trane oor haar wange begin loop. "Dis my man ... my eksman." Sy trek haar hande uit syne en tel die koerant op. "Hemel, Pieter. Kyk! Hoekom huil ek?" Haar liggaam krimp ineen. "Hoekom huil ek oor die vark?"

Pieter gaan sit langs haar op die bank en trek haar in sy arms in, styf teen sy bors.

"Huil maar, Ounooi. Ek's hier."

Dis heelwat later voor sy wegsit van hom af.

"Ek's naar!"

Sy spring op en strompel badkamer toe. Pieter vat sy foon en druk ant Hartjie se nommer in.

"Kan jy tee bring, ant Hartjie? Soet asseblief."

Ant Hartjie sit die skinkbord met tee op die tafeltjie neer net toe Rita uit die badkamer kom. Sy is aansienlik kalmer maar nog so wit soos 'n laken. Ant Hartjie maak haar arms oop en Rita stap gedweë in die klein vroutjie se arms in.

Sonder 'n woord vryf-vryf sy oor Rita se rug. Dan maak sy haar arms los om Rita se lyf en stuur haar na die rusbank. Sy skink 'n koppie tee en gee dit vir die jonger vrou aan.

"Drink. Dit sal help vir die skok."

Rita neem 'n slukkie en sit dan met die koppie vasgeklem tussen haar hande, asof sy die hitte van die tee probeer gebruik om die koue in haar hart te verdryf.

"Het julle gelees?"

Pieter knik, sy oë vol simpatie op haar gerig.

"Ek weet nie hoekom dit my so ontstel nie. Ek het geweet dit moet een of ander tyd uitkom. Niemand kan so lank met bedrog wegkom voor iemand lont ruik nie. Maar die res... ek het nie geweet nie. Hoe kon ek nie weet wat onder my neus aangaan nie? Hoe kon ek nie wéét nie? Ek het geweet van die vrouens wat tou gestaan het voor sy deur vir 'huweliksberading,' maar dié? Jong meisies? Jong, onskuldige kinders?" Haar oë rek. Sy slaan haar hande saam voor haar mond. "My kind!" Sy storm weer badkamer toe en die twee in die sitkamer hoor hoe sy braak en braak.

Sy is selfs nog bleker toe sy weer in die sitkamer kom. "Ek wou nie hê my dogter moet op dié manier uitvind van die bedrog nie. Haar pa is haar alles. En nou dié bom." Sy kyk na Pieter. "Sy gaan uitvind, nè?"

Pieter knik. Daar is geen manier dat hy haar hierteen kan beskerm nie.

"Dis op Netwerk 24. Sy sal dit kan lees."

"Ek moet haar bel, haar waarsku. Ag Vader, sy is in Nederland, alleen. Ek is nie daar nie. Ek kan my kind nie beskerm nie." Vars trane stroom oor haar wange.

Pieter tel haar foon op toe dit lui.

"Rita Botha se foon. Dis Pieter Malan wat praat."

"Goeiemiddag, meneer Malan. Dis Jaco Ehlers van Adelsrust wat praat. Ek neem aan u is daar by Rita? Is sy okay?"

"Sy is baie geskok maar redelik kalm nou. Mevrou Meyer, by wie sy bly, is ook hier."

"Dankie. Mag ek maar Pieter sê? Rita het jou naam genoem het toe sy laasweek oor die foon met my vrou gesels het. Kan jy asseblief vir haar sê dat ons reeds met Janine in aanraking was en dat ons die nuus aan haar oorgedra het?"

"Wag," Pieter hark Rita onder sy arm in, "praat liewer self met haar. Dit sal haar goed doen om 'n bekende stem te hoor."

"Jaco..."

"Riets, Martie staan hier by my. Ek het die foon op speaker."

Martie se stem klink op. "Ek's hier, my maat. Is jy okay?"

"Ek is so okay as wat mens kan wees na jy so iets in die koerant moes lees. Hoe is dit moontlik dat ek nooit eens iets vermoed het nie? Dit gaan Janine breek en ek's nie eens daar om haar vas te hou nie."

"Dis hoekom ons bel, vriendin. Ons was klaar met haar in verbinding en met haar gasheergesin. Sy kom Woensdag huis toe. Alles is gereël. Sy vat dit beter as wat ek verwag het. Moenie jou oor haar bekommer nie, sy is sterker as wat jy dink. Sy is nou net bekommerd oor jou."

"Dankie Mart. Hemel, hoe kon ek nie weet nie? Die koerant praat van verskeie dogters. Waar? Hoe? Hoe lank is dit al aan die gang? Glo julle my Mart? Ek het nie geweet nie!" Sy vou byna ineen toe sy die laaste woorde uitkreun.

Daar is 'n klop aan die voordeur terwyl Rita nog op die foon is. Ant Hartjie stap deur toe en kom 'n paar oomblikke later met meneer Venter die sitkamer binne.

"Rita." Hy neem haar hande in syne en kyk lank af in haar oë. "Ek is so jammer dat alles op so 'n manier op die lappe moes kom. Wees asseblief verseker dat die personeel jou deur hierdie moeilike tyd sal dra. Met jou toestemming sal ek hulle môre net die nodigste vertel."

"Dis reg, Meneer. Ek kan nie langer wegkruip nie. Ek is net so skaam. Hoe gaan ek my gesig daar kan wys as almal weet?"

"My kind," die hoof sit sy hand vaderlik op haar skouer, "Dis mos nie jou skuld nie! Jy was 'n slagoffer net soos al die ander. Tel jou kop op en kyk die wêreld in die oë. Jy het niks om oor skaam te voel nie." Hy neem die koppie tee wat ant Hartjie na hom uithou, voor hy aangaan. "Terloops, ek sal reël dat iemand jou klasse waarneem vir die volgende week. Jy kom skool toe net wanneer jy daarvoor gereed is."

"Dis nie nodig nie, meneer. Ek is skaars twee weke by die skool, ek kan nie nou al weer verlof neem nie."

"Mens noem dit menslikheidsverlof. Jy het 'n reuse skok gekry vandag en jy het 'n dag of twee nodig om hierdie dinge met jouself uit te klaar. Die skool gaan nie ten gronde gaan as jy nie daar is nie. Jy is alreeds baie kosbaar vir ons by die skool. Luister nou na jou baas!"

"Dankie, Meneer." Haar oë skiet weer vol trane. "Dankie dat julle so goed is vir my."

Die hoof sit sy koppie neer, skud Pieter se hand en met 'n laaste "Sterkte," stap hy uit.

"Jy kan nie vandag alleen wees nie, Hartjie. Pak jou pajamas en tandeborsel in dan kom jy daar na my toe."

"Ek het 'n beter idee," laat Pieter hoor. "Ek ry netnou Durban toe. Hoe lyk dit Riets, het jy al ooit tevore in 'n groot dertig ton vragmotor gery? Kom ry saam met my, toe."

"Dis 'n briljante plan, Hartjie. Vir hoe lank moet Rita inpak, Pietman?"

"Ek behoort teen Dinsdagaand weer terug te wees. Komaan, Rita. Jy gaan betyds terug wees vir wanneer jou dogter land en dit neem jou uit die ek-is-alleen-nou-moet-ek-myself-jammer-kry groef uit."

"Heiden! Het ek nie 'n sê nie?" Ten spyte van alles wat gebeur rondom haar, kan Rita nie help om te glimlag nie. "Julle stoomroller my nou behoorlik."

"Net so. Ant Hart, gaan help haar pak. Sweetpak en sulke klere. Daar is niks fancy op 'n trok nie."

Teen die tyd dat Rita terug kom in die sitkamer, is die koerante netjies opgevou, Jacobus se gesig na onder. Pieter neem haar drasak by haar.

"Nou gaan ons ontbyt eet by ant Hartjie en dan vat ek jou op die reis van jou lewe." Sy stem is lighartig maar Rita sien die omgee in sy oë. "Nie almal is soos Jacobus nie," onthou sy Martie se woorde. "Daar's Jaco's ook daarbuite." En Pieters, dink sy.

Hoofstuk 6

Pieter help haar teen die leertjie van die vragmotor op en gee dan haar drasak vir haar aan. Rita kyk verbaas om haar rond. Die kajuit is ruim en sy kan regop staan sonder dat haar kop aan die dak raak. Agter die sitplekke hang 'n gordyntjie.

"Die slaapkamer," sê Pieter terwyl hy homself in sy sitplek lig. "Kyk gerus."

'n Enkelbed grootte bed, netjies opgemaak met 'n koningsblou duvet, vul die agterkant van die kajuit. Aan die linkerkant is daar 'n piepklein yskassie en ook 'n mikrogolfoond.

"'n Trokdrywer kan nie uit die kafee lewe nie," beantwoord hy die onuitgesproke vraag. "Ons ry kos saam. Meestal klaar gevriesde etes wat ons net in die mikrogolf kan warm maak. Wanneer ons lang togte onderneem, vat ons vleis saam. By oornagplekke is ons altyd 'n groep wat ons vleis bring en dit op die kole gooi. En natuurlik het ek altyd koue water in my yskas."

Die vragmotor brul toe Pieter die sleutel draai. "Gespe jouself in en maak gereed vir," hy gee 'n verspotte buiging, "the ride of your life. Durban, hier kom ons!"

Terwyl hy die vragmotor tussen die geboue en verkeer deur stuur, verduidelik Pieter van lugsakke onder sitplekke en hoe moderne vragmotors toegerus is met elke gadget waaraan die ontwerpers kon dink. “Die trok bring self sy spoed af wanneer daar ’n ander voertuig stadig voor jou ry. Ek dink die baie ongelukke waar ’n trok agter in ’n ander een vasry, het die instelling genoodsaak.” Hy vertel entoesiasties van al die veiligheidspesifikasies waaraan moderne vragmotors voldoen.

Rita kyk skielik intens na hom. “Pieter, jou van is mos Malan, nè?”

Pieter knik sy kop.

“Jou T-hemp sê ‘Malan Vervoer’ en op die trok se kant staan ‘Malan Vervoer.’ Werk jy dan vir ’n Malan baas?”

Met ’n gemaakte kug antwoord hy: “Ek ís Malan Vervoer. Ek ry nie self baie nie, ek’s nou mos die baas en het ’n fênsie kantoor. Maar een van my drywers se vrou het ’n baba gehad twee weke gelede en hy verdien darem om tyd saam met sy nuwe gesinnetjie te spandeer. Die werk staan nie stil nie, toe spring ek maar self op die trok. Dit help nogal om weer die omstandighede waarin my mense moet werk, self te ervaar.”

’n Gemaklike stilte heers in die kajuit terwyl hulle deur die stad beweeg. Rita verkyk haar aan die karre wat vêr onder haar verby ry en lag as sy sien wat mense alles in hulle motors doen onder die indruk dat niemand hulle kan sien nie.

“Jy wil nie weet wat ek al so gesien het nie,” lag Pieter. “Ek het selfs eenmaal beleef hoe ’n redelik welbedeelde vrou van klere verwissel so in die ry. Sodra ons uit die stad is sal jy darem ander, mooier dinge kan sien. Wanneer mens in jou motor ry sien jy nie die versteekte natuurskoon wat mens so mooi vanuit die hoë kajuit van 'n vragmotor beleef nie."

Skaars uit die stad begin Rita voel hoe haar oë swaar raak. Sy veg teen die loomheid wat die geruis en gewieg van die vragmotor veroorsaak.

"Klim daar agter op die bed," sê Pieter toe hy sien hoe haar kop begin knik.

"Nee man, dan slaap ek nie vannag nie, en ek wil sien wat om my aangaan. Ek's nie regtig vaak nie..."

Sy word wakker toe die dreuning van die vragmotor stil word en sit vervaard regop. "Het ek sowaar aan die slaap geraak?"

"Ja, ou slaapkous, en vir twee ure heerlik gesnork."

"Is nie. Ek snork nie. Ek haal net hard asem," spot sy saam. "Waar is ons?"

"Harrismith. Ons gaan vanaand hier in die truck stop slaap en môre-oggend vertrek ons so vier uur. Is jy honger? Ons gaan nou lekker by die Spur eet. Dis my bederfie aan myself elke keer as ek hier stop."

'n Ruk later sit hulle oorkant mekaar by 'n hoektafel, Pieter met 'n glas bier en Rita met 'n glasie witwyn. Pieter steek sy hande uit oor die tafel en neem Rita s'n in syne.

"Hoe voel jy, Ounooi?" Die troetelnaam glip glad oor sy lippe. "Jy moet praat oor wat aangaan."

Rita kyk stil na hulle hande voor haar op die tafel en lig dan haar oë na syne. "Ek weet nie hoe ek voel nie. Al waaraan ek kan dink is hoe my dogter op die oomblik moet voel. Hoe verwerk 'n kind sulke inligting oor haar pa?"

"Kinders is sterker as wat jy dink. Die dominee wat vroeër gebel het, het gesê dat sy relatief kalm is."

"Hulle is my enigste vriende daar op Adelsrust, weet jy. Die res van die gemeenskap het my van die aakligste goed beskuldig toe ek die egskeiding aanhangig gemaak het. Arme dominee Jaco is ingesleep, ten spyte van die feit dat almal geweet het sy vrou, Martie, is my beste vriendin en dat hy honderd persent toegewy aan haar en sy gesin is. Ek sou glo 'n verhouding met hom hê en dit was die rede hoekom ek van Jacobus geskei is. Hoe slaan mens vure wat nie bestaan nie dood sonder om in 'n moddergooiery betrokke te raak? Ek kon myself op geen manier verdedig teen Jacobus se aanhangers nie. Dis hoekom ek daar weg is. Ek kon nie meer die gepraat en geskinder hanteer nie. Ouers het geweier dat hulle kinders in my klas is, ek sou blykbaar 'n slegte invloed op hulle kinders wees. Ek kon nie eens na die supermark toe gaan nie. Ek is uitgekryt as 'n slet, 'n verderflike invloed op die jeug van die dorp. Die storie het geloop dat as ek dit met die predikant doen, ek dit met die jong seuns in my klas kon doen. Is dit nie ironies nie? Die persoon wat hulle as 'heilige' beskou het is die een wat homself skuldig gemaak het aan dit waarvoor ek, onskuldig, verguis is."

"Ek neem aan jou man, eks-man, het 'n groot aanhang gehad?"

"Ongelooflik. Hy het 'n fantastiese manier van praat wat mense na hom laat luister. Ek wil amper die woord indoktrineer gebruik. In die begin, toe hy sy kerk net gestig het, het die jongmense na hom toe gestroom. Dit was 'n 'lekker' kerk. Loslit, met kitare en dromme. Dit was as 'n herlewing in die dorp beskryf. Kinders het eerder kerk toe gegaan as partytjies toe. Daar was selfs 'n artikel in die *Lig* tydskrif oor die ongelooflike herlewing wat in die dorp plaasgevind het. Dit was voorgehou as die model vir ander kerke oor hoe om die jeug weer terug te bring kerk toe."

Sy trek haar hande uit syne en vryf oor haar wange, deur haar hare. Sy sluk dan dorstig van die wyn in haar glas.

"Dit het so jaar lank goed gegaan, toe lees hy van 'n evangelis in Amerika, ene Michael Stubbs. Die ou het gepredik oor terugkeer na Bybelse weë, oor die vrou se plek in die huwelik, gehoorsaamheid aan die vaderfiguur wat al hoe meer, volgens hom, besig is om te verdwyn. Jacobus was gefassineerd deur die man en het al hoe meer van die ideologieë begin inbring in sy kerk."

"En die jongmense het begin verdwyn? Ek glo nie dit was so 'lekker' vir hulle nie."

"Jy is heeltemal reg. Jacobus het meer en meer aanklank begin vind onder die volwassenes, veral die mans wat sy leringe oor die man se plek en hoe sy vrou onderdanig aan hom moet wees, opgeslurp het. Om die vrouens as 'lidmate' te behou was vir hom 'n nuwe uitdaging. En het hy dit nie reggekry nie!" Sy lag wrang. "Hulle het begin toustaan om deur Pastoor raakgesien te word, uitverkies te word. Die rokke het langer geword, die hare is laat groei want Pastoor het gesê dis hoe hulle vrygekoop sal word. Jy het daai foto op die koerant se voorblad gesien. Twee van die rykste mans in die dorp se vrouens. Ek dink hulle was die eerstes wat persoonlike huweliksberading by Jacobus ontvang het, en met persoonlik bedoel ek persóónlik. Lyflik."

Die kelnerin wat hulle kos voor hulle neersit onderbreek haar. Sy kyk op en glimlag vir die meisietjie.

"Kom ons eet eers." Jacobus kyk met deernis na haar. "Ons kan later verder oor dié gruwelike goed gesels." Hy neem haar hande in syne en buig sy kop. "Liewe Vader, ons dank u vir die kos wat vanaand aan ons bedien word. Dankie dat ons hier saam kan wees. Dankie dat u ons siele voed soos hierdie voedsel nou ons liggame gaan voed." Hy druk haar hande toe hy amen sê en tel sy mes en vurk op. "Dis nou nie 'n steak soos ek hom kan braai nie, maar die Spur s'n is glad nie te sleg nie."

Terwyl hulle eet gesels hulle oor alledaagse goed en Rita hoor haarself dikwels lag terwyl Pieter vertel van sy ondervindinge met van die mense wat vir hom werk.

"Ek stel nie sommer enige persoon aan nie. Elke ou wat kom aansoek doen moet eers 'n teoretiese toets aflê, oor padtekens en sulke basiese dinge, en dan word hy ook prakties getoets. Hy moet 'n trok bestuur en 'n paar dinge kan reg doen voor ek hom vir 'n proeftydperk aanstel. Dan ry ek persoonlik saam met hom op so 'n rit Durban of Richardsbaai toe. As hy dan my goedkeuring wegdra, word hy permanent aangestel. Een so rit sal ek nooit vergeet nie. Dit was so klein, maer mannetjie, seker so vroeg in sy dertigs. Sout van die aarde! Hy het maar vrot gevaar in die teoretiese toets, skryf was nie een van sy talente nie, maar hy kon 'n vragmotor bestuur soos min. So ry ons twee toe Durban toe. Jy weet selfoongebruik is 'n groot nee wanneer jy bestuur, daarom word vragmotors toegerus met 'n bluetooth sisteem. Dis baie gerieflik want jy antwoord die foon met knoppies wat jy op die stuurwiel druk. Wel, die outjie se vroutjie bel hom toe omtrent elke halfuur en elke woord word oor die trok se luidsprekers uitgesaai. Hoe meer die knaap vir haar probeer sê hy is nie alleen nie, hoe meer skel sy oor die kinders wat nou weer siek is en die vleis wat klaar is, skoonma wat inmeng en 'n klomp ander, redelik persoonlike, dinge. Die toppunt was egter toe sy hom net so voor slaaptyd weer bel en baie grafies verduidelik wat sy met hom sou aanvang as hy by die huis was. Die arme man dink nie daaraan om die foon dood te druk nie. Hy bly net stotter, 'Ek's nie alleen nie, ek's nie alleen nie' en vroutjie praat tot ek toe maar oorleun en haar onderbreek: 'Naand mevrou. Ek's bly jy is so lief vir jou man maar ek hoor elke woord wat jy sê. Jou stem kom oor die speakers, hoor.' Sy het nie weer daai naweek gebel nie."

Rita vee die lagtrane uit haar oë. Pieter maak die man en sy vrou se stemme so na dat dit klink of dit hulle self is wat praat.

Later stap hulle terug vragmotor toe, Pieter se arm beskermend om haar skouers. Instinktief glip haar arm om sy middel en sy leun teen sy sterk lyf aan.

"Dankie. Ek het daai lag so nodig gehad."

"Lag help vir alle seerkrye! Gaan kry jy gou jou badgoed dan stap ek saam met jou na die badkamer toe. Gelukkig is daar die laaste tyd nogal baie vroulike vragmotorbestuurders –hierdie truck stop het spesiaal vir hulle badkamergeriewe ingeruim – so jy kan stort. Môre-aand daar in Durban gaan jy maar met 'n nat waslappie moet regkom."

Terwyl sy onder 'n verbasend warm stort staan, wonder Rita oor slaapgeriewe. Hulle het nooit daaroor gepraat nie en daar is net daai een klein bedjie.

Vars gestort en met 'n lekker warm sweetpak aan, sluit sy weer by hom aan waar hy buite die badkamer vir haar staan en wag.

"Mmmm, jy ruik lekker," sê hy met 'n glinster in sy oog. "Jy kan nou lekker onder die duvet inkruip, ek slaap baie lekker op die sitplek. Party nagte doen ek nie eens moeite om oor te klim na die slaapgedeelte toe nie. As ek daai sitplek agteroorslaan, slaap ek soos 'n droom."

"Pieter," vra sy later toe sy knus onder die duvet lê. "Dis seker 'n baie persoonlike vraag, maar aangesien jy nou al omtrent alles van my weet ... hoekom is jy nie getroud nie?"

Pieter draai skuins in die sitplek sodat hy na haar kan kyk.

"Ek was getroud, jare gelede. Haar naam was Mariette, sy was ook een van ant Hartjie se 'kinders.' Ons het saam grootgeword. Ant Hartjie-hulle het vir my betaal om te gaan studeer. Na ek my graad in Besigheidsbestuur gekry het, het ek by 'n transportmaatskappy gaan werk ... lang storie ... tot ek my eie ding begin doen het. Kort na ek klaar was met my studies is ek en Mariette getroud. Sy het as sekretaresse by die maatskappy gewerk waar ek toe begin het. Ons was skaars twee jaar getroud, het net begin dink aan met 'n gesin begin, toe sy siek geword het. Maande se toetse later het hulle haar gediagnoseer met *Myelodysplastic syndrome*, of voorkanker. Dit was reeds sovêr gevorder dat die gewone behandeling nie meer gewerk het nie. Sy moes 'n beenmurgoorplanting kry. Daar is maande lank gesoek na 'n geskikte skenker. Ek het heel voor in die ry gestaan om getoets te word. Ant Hartjie en oom Sarel, wat toe nog geleef het, Cecile, Tjaart ... die hele spul van ant Hartjie se 'kinders' het hulle laat toets. Ons was nie een geskik nie. Uiteindelik het hulle 'n skenker gekry in die Kaap. Dit was 'n blye dag. Ons het weer begin hoop. Na so 'n oorplanting sou sy weer 'n normale lewe kon lei, met sekere beperkings. Drie dae na die prosedure het haar liggaam die beenmurg verwerp. Die kanse dat so iets gebeur is blykbaar maar so 5%. Sy was een van daardie 5%. Haar dood was seker die moeilikste ding wat ek in my lewe moes oorkom. Maar, soos die ou cliché sê, tyd genees."

Rita steek haar hand onder die duvet uit en vat Pieter se hand. "Ai man, hier saal jy jouself op met my probleme terwyl jy self seer het. "

Hy glimlag en druk haar hand. "Dis lank terug. Ja, dit was moeilik en ek het bitter skuldig gevoel omdat ek haar nie kon help nie, maar daai seer het 'n rofie oor gegroei. Mens kan dit op geen manier vergelyk met jou seer nie."

"Ek verstaan nie hoekom dit my so ontstel het nie. Ek het hom tog nie nog lief nie, en dit wat hy aan die onskuldige mense in sy kerk gedoen het is onvergeeflik, maar die jong meisies? Hoe leef mens met jouself saam as jy so iets doen? In daai berig verontskuldig hy homself deur te sê hy is in 'n visioen deur God aangesê om dit te doen. Hoe siek kan mens wees? Het hy dit met sy eie kind ook gedoen? Ek wil naar raak as ek daaraan dink." Die trane begin weer onbeheersd oor haar wange stroom.

Pieter skuif uit sy sitplek en klim langs haar op die bedjie. Hy skuif sy arm onder haar kop in en trek haar vas teen sy lyf. Saggies vryf-vryf hy oor haar rug tot hy haar voel rustig raak. "Slaap maar, Ounooi," praat hy in haar hare.

Hoofstuk 7

Dis nog donker toe Pieter haar die volgende oggend wakker maak. "Gaan was gou jou gesig. Ons moet in die pad val."

Hy wag vir haar by die vragmotor met twee groot bekers wegneemkoffie toe sy van die badkamer af kom. "Volgende stop – Durbanhawe. Daar gaan ek vir jou 'n regte lorrie brekfis maak."

Die ligte baan hulle weg toe hulle op die N3 snelweg klim. Dis vir 'n ruk stil in die kajuit voor Pieter vra:

"Die ander aanklag teen jou eks is die van bedrog, nè?"

"Jip. Die kerk se geld het vir alle luukshede in ons huis betaal. Hy is bitter baie slim. As ons iets nodig gehad het, het hy 'n biduur belê. Hoe harder sy stem geraak het, hoe 'huiliger' die 'geus' geword het wat hy aangeroep het, hoe oper het die mense se hande gegaan. Die kollektes het ingestroom en as daar, volgens Pastoor, nie genoeg in die sakkies was nie, het hy harder gepreek, op die mense se skuldgevoelens begin speel. 'Geluufdes, die geus wandel huur tussen ons. Steuk uit julle arms en ontvang die geus. Maak oop julle hande en geeu. Die geus roep na jou! Geeu! Geeu meur as jou tiende. Geeu van jouself. Dis slegs wanneur jyself swaarkrui dat jy die geus werklik kan ontvang.' Moenie lag nie," sy kyk vies na Pieter wat skud soos hy lag. "Hy praat regtig so." Sy lag self. "Dit is eintlik vrek snaaks as mens objektief daarna kyk. Ek wou 'n paar keer daai, is dit Johannes Kerkorrel se, 'Gee jou hart vir Hillbrow' sing as hy so begin met sy gee, gee, gee. Ai, as ek maar net nie so dom was nie. Ek kon mos dink dat sy salaris nie kon betaal vir sy luukse viertrekmotor nie. Of die aanbouings by ons huis ... daar is soveel dinge wat eers later begin sin maak het. Teen die tyd dat ek begin onraad vermoed het was ek klaar so oordonder, so "onderdanig" dat ek dit nie sou waag om iets te sê nie."

Pieter steek sy hand oor die spasie tussen die sitplekke en druk haar hand.

Sy lag wrang. "Die mense in die dorp het ruim bygedra tot die fonds om die arme kindertjies in een of ander verdrukte land, ek kan nie eens meer onthou watter land dit was nie – daar was 'n paar, te voed en klee. Intussen voed en klee hy net homself. O, jy moet sy klerekas sien – net die beste was goed vir Pastoor. Terwyl sy vrou haarself moes klee in stigtelike swart of grys, gepas vir die 'bruid van God.' Weet jy, ek dink dit is presies hoe hy homself gesien het – hy was god."

"En toe tuimel hy van sy selfgemaakte troontjie af," merk Pieter op. "Jammer as ek bietjie kru klink, maar hy klink na 'n regte doos!"

"Toemaar, ek ken 'n paar erger woorde om hom mee te beskryf!"

"Maar toe skop jy die doos onder sy gat?"

"Ordentlik! Ek het hom gedagvaar vir 'n egskeiding! Die onderdanig wees kon ek nog hanteer, die ander vroue wat tougestaan het, het my 'n reuse guns gedoen – dit het beteken dat hy my uitgelos het, maar toe hy die eerste keer sy hand vir my lig – 'tugtig diegene wat jy liefhet' – daai dag het ek geweet, dis verby. Die dag na Janine op daai vliegtuig geklim het Nederland toe, het ek my klere gepak en by dominee Jaco en Martie ingetrek tot ek 'n woonstel in die skoolkoshuis gekry het."

"Good for you!"

"Ek wens ek kon 'n vlieg teen sy kerk se mure gewees het om te hoor wat hy vir sy gemeente vertel het, want kyk, van hero to zero in een Sondag. Ek is skielik soos 'n melaatse behandel. Dit was ses maande van hel!"

"Dis verby. Nou is jy een van ant Hartjie se kinders. Jy gaan nooit weer hoef terug te kyk nie, Ounooi. As Lizzie Meyer jou onder haar vlerk geneem het ... Ek dink jy het dit klaar agtergekom."

"Dankie Pietman," laat glip sy ant Hartjie se troetelnaam met 'n glimlag uit. "Dankie ook vir julle aanvaarding. Eendag sal ek aan 'n manier kan dink om dankie te sê vir jou en Cecile, om nie eens van ant Hartjie te praat nie. Sonder om iets van my te weet het julle my sommer net so aanvaar. Dankie ook dat jy my saam met jou op hierdie rit gebring het en met al jou stories my aandag afgelei het."

"Dis hoe ons klomp roll, jong. Dankie sê is so onnodig. Wees jy net gelukkig. Sit die lelik en hartseer agter jou en leer om so spontaan te lag soos ek jou al

’n paar keer hoor doen het, en dis genoeg dankie vir ons.”

“Sjoe, dit voel of die grond so naby is,” laat Rita hoor toe hulle laat die Dinsdagmiddag in Pieter se motor op pad huis toe is. Die res van die tyd in die vragmotor het hulle oor alledaagse dinge gepraat. Pieter se vertellings oor sy wedervaringe op die langpad het haar telkens laat skaterlag. Sy het baie geslaap, soms in die sitplek en soms opgekrul op die bedjie. Nou is die rit verby en moet sy weer die werklikheid in die oë kyk. Môre land Janine. Haar hart kramp as sy dink aan die ontmoeting met haar kind.

Rita is skaars bewus van die gedruis van stemme waar sy met haar hande geklem om die reling voor die aankomssaal staan, haar oë op die deur waardeur haar kind binnekort gaan verskyn. Dominee Jaco en Martie het gisteraand by haar opgedaag en haar vanoggend lughawe toe gebring. Hulle het tot laatnag gesit en praat. Adelsrust is in twee geskeur, het Martie vertel. Jacobus se grootste aanhangers weier om te glo dat hulle geliefde pastoor skuldig is aan een van die aanklagte teen hom. Aan die ander kant is daar woede en walging. Een na die ander het jong meisies na vore gekom. Kinders wie se onskuld in die naam van “vryspraak” by hulle gesteel is.

“Ek is betrokke by die berading. Sovêr is daar 8 bevestigde gevalle. Agt meisies wat vir jare, dalk die res van hulle lewens, onder dit wat hy aan hulle gedoen het, sal moet ly.” Jaco se stem was hartseer. “Daar is natuurlik die groep wat glo jy het van alles geweet, maar hulle is min in vergelyking met die wat nou verstaan hoekom jy padgegee het."

Die paar uur se slaap wat sy ingekry het, het vir haar geen rus gebring nie. Het hy dit aan Janine ook gedoen? het oor en oor deur haar kop gemaal.

Sy sien Janine deur die deur kom, 'n kleresak oor die skouer, haar oë soekend oor die mense in die aankomssaal. Dan sien sy haar ma en 'n glimlag breek oop oor haar gesig. Sy storm tussen die ander mense deur, haar skouersak klappend teen haar lyf.

"Mamma!"

Rita maak haar arms oop en vang haar kind teen haar lyf vas. Sy voel hoe Janine se lyf ruk toe die huil in haar oopgaan. Vir lank staan hulle net so. Trane loop ongehinderd oor Rita se wange terwyl sy sag oor haar dogter se rug vryf en vryf.

Na wat voel soos ure, maak Janine haar arms om Rita se lyf los en staan 'n entjie terug. Sy lê haar hand op Rita se wang, streel dan oor haar hare.

"Mamma is so mooi. Mamma se hare is so, so mooi. Ek het so verlang." Trane maak weer spoortjies oor haar wange.

Jaco en Martie tree nader van waar hulle eenkant gestaan het.

"Hallo, Janine."

"Oom Jaco, tannie Mart!"

Janine loop in Martie se oop arms vas en word vir 'n oomblik styf vasgedruk.

Jaco gee Janine so 'n skewe druk en sê dan: "Kom julle. Daar is baie om oor te praat en die is nie die plek daarvoor nie." Hy neem Rita aan die elmboog en stuur hulle na buite.

In die kar sit Janine styf onder Rita se arm, haar kop op haar ma se skouer en haar hand styf in Rita s'n toegevou.

Janine sit regop toe hulle by ant Hartjie se erf indraai en kyk nuuskierig om haar.

"Is dit waar Mamma bly? Dit lyk so rustig. Kyk net die pragtige ou boom."

Daar staan 'n skinkbord met koppies reggesit op die tafeltjie in Rita se kombuis. Die alomteenwoordige melktert langs die skinkbord is onder 'n net toegemaak.

"Gaan sit julle." Martie stoot Rita voor haar uit na die sitkamertjie. "Ek bring die tee."

Terwyl Janine deur die huisie loop en die badkamer gebruik, sit Rita oorkant Jaco, haar oë vol vrees op hom gerig.

"Hoe hanteer ek die gesprek, Jaco? Wat sê ek vir my kind? Hoe vra ek daai vraag?"

"Jy sal die regte woorde vind. Laat dit in God se hande."

Martie kom in met die skinkbord tee en melktert. "Jaco is reg. Die woorde sal self kom. Haal diep asem, Vriendin. Jou kind het nodig om jou kalm te sien."

Rita haal diep asem en voel dan hoe daardie kalmte op haar neersak.

Janine vee 'n rukkie later die laaste happie melktert met haar vinger van die bord af en kyk dan op in haar ma se oë.

"Nee, Mamma," antwoord sy die onuit-gesproke vraag. "Nee, hy het dit nie met my gedoen nie. Maar," haar oë skiet vol trane, "maar ek ... het vermoed daar is iets aan die gang. Die dogters by die jeug het onder mekaar gepraat. As ek naby gekom het, het hulle stilgebly. Ek het gedink dis omdat ek Pastoor se dogter is dat hulle stilbly." Haar gesig vertrek. "Nou weet ek. Dit wás omdat ek Pastoor se dogter is, maar nie soos ek gedink het nie."

Janine maak haar mond oop om haar dogter te troos maar sien hoe Jaco met sy oë sein – los haar dat sy praat.

"Dit was aan die begin soos 'n kompetisie onder hulle. Wie is volgende. Ek het gevra van wie hulle praat maar hulle wou niks sê nie. Ek het eendag vir Riekie gesien huil, gevra wat is fout. Sy het my so afgejak, Mamma, dat ek liewers nie verder uitgevra het nie. Sy't gesê ek moet vir my fokken pa gaan vra wat is fout. Hoekom het ek nie verder gevra nie, Mamma? Hoekom het ek stilgebly? Wat is fout met my? Selfs toe ek begin vermoed het dis Pappa wat dit aan hulle doen, het ek net stilgebly. Ek is net so sleg soos hy. Ek het weggehardloop, Nederland toe, eerder as om iets te doen. Ek was te bang om hom te konfronteer. Mamma weet hoe is hy."

Haar oë is wild, pleitend toe sy na haar ma en dan na dominee Jaco kyk. "Ek het al my seer en woede op Mamma uitgehaal. Ek was so lelik met Mamma. Hoe sê ek jammer?"

Magteloos om iets aan haar dogter se seer te doen, trek Rita haar net styf teen haar lyf vas. In haar hart net een gedagte – dankie Here. Dankie dat my kind gespaar is. Dan onmiddellik die teregwysing – daar is ander dogters geskaad, help hulle, Here om dit te kan oorkom.

Dis baie later voor Jaco en Martie vertrek. Hulle wou in 'n gastehuis inboek maar ant Hartjie het eenvoudig oorgeneem. "Julle slaap hier, in my huis. Dan is julle naby as Rita-hulle julle nodig het."

Janine het van uitputting op die bank aan die slaap geraak. Daar is baie gepraat; Jaco se stil kalmte soos 'n kombers oor hulle.

"Julle kan nie, mág nie verantwoordelik-heid vir wat hy gedoen het op julle neem nie. Julle is net soveel slagoffers as wat daai meisies is, en al die mense wat hom so aanhang en julle veroordeel, is die skuldiges. Vergewe julleself sodat julle dit wat voorlê met waardigheid kan deursien."

Hoofstuk 8

Dis Vrydag.

Jaco en Martie is gisteroggend met 'n laaste druk en "Onthou ons is net 'n foonoproep weg", huis toe.

Rita en Janine het vir ure op die bankie onder die akkerboom gesit. Soms het hulle gepraat, soms was hulle net stil, hulle hande styf in mekaar s'n gevleg. In die kombuis het 'n bordjie toebroodjies op die tafel gewag, stil-stil deur ant Hartjie aangedra.

Janine het gefassineerd gekyk hoe ant Hartjie met hande vol voëlsaad, op die gras gaan sit en hoe die voëltjies afvlieg om die saad uit haar hande te pik.

Vir Pieter het Rita nog nie weer gesien nie, tog was hy daar, prominent in haar gedagtes. Toe sy gisteraand in haar bed lê was dit sy gesig, sy rustige donker oë voor haar. Daar was gisteraand 'n boodskap op haar foon: "Is jy okay?" en 'n prentjie van 'n hartjie wat klop. Sy het met 'n glimlag aan die slaap geraak.

Janine kom, klaar aangetrek, in die kamer in.

"Jis maar Mamma kan slaap! Ek gaan kyk hoe die tannie die voëltjies voer. Dink Mamma hulle gaan so uit my hande ook eet?"

“Net as jy stil sit, iets wat ek nie dink maklik gaan gebeur nie,” lag Rita. “Gaan, dan kan ek opstaan en vir ons kos maak. Ons het gister net daai toebroodjies geëet en ek is nou lekker dun.”

Toe sy ’n halfuur later by die deur uitstap sien sy Janine en ant Hartjie heerlik aan die gesels op die grasperk. Sy stap nader.

“Heiden, Hartjie. Hierdie kind van jou praat mens se ore van jou kop af. My voëltjies het haar net so een kyk gegee en gevlug vir hulle lewens.”

“Sies, tannie jok!” Janine se laggie trek tot diep binne in Rita se hart. “Enetjie het op my been kom sit en dis Tannie wat so baie praat. My ore tuit!”

Ant Hartjie steun met ’n lag orent en trek Janine aan die hand op. “Ek like hierdie kind van jou, Hartjie. Kom, julle eet brekfis by my en vanaand braai ons. Julle het genoeg tyd gehad om alleen te kuier. Dis nou tyd dat die meisiekind die res van die familie ontmoet en...”

“...moenie eers probeer stry nie,” voltooi Rita die sin. “My arme kind. Jy beter vanmiddag ’n slapie inkry. As jy gedink het ant Hartjie praat baie wag daar ’n reuse skok op jou.”

Rita stap buitentoe na waar die mans staan en vleis braai. Janine en Cecile het mekaar binne die eerste minuut gevind en sit en klets soos ou vriendinne. Hulle het sommer al klaar ’n afspraak gemaak vir die volgende oggend sodat Cecile Janine se hare kan sny.

“Ek wil ook so sexy soos my ma lyk,” het Janine onmiddellik opgemerk toe sy hoor dat dit Cecile is wat

Rita se hare so mooi gesny het. "Daai 'Nyderlanders' gaan nie weet wat hulle tref as ek teruggaan nie."

Sy het toe Pieter Rita soengroet net 'n knik gegee. Met 'n "Oom beter mooi na my ma kyk," het sy die wind totaal uit Rita se seile geneem. "Mmm, sexy," het sy in Rita se oor gefluister voordat sy met 'n rinkellaggie by ant Hartjie in die kombuis gaan staan het.

Pieter sien Rita toe sy by die deur uitkom en gee die braaitang waarmee hy die vleis omgedraai het vir Tjaart.

"Hei, Ounooi." Sy oë rus soekend op haar gesig. "Jy het 'n oulike dogter hoor."

"Heeltemal te groot vir haar skoene, ja." Rita bloos.

Pieter sit sy hande op Rita se skouers. Hy kyk diep in haar oë voor hy haar in sy arms intrek tot styf teen sy bors.

"Ek weet dis nie die regte tyd nie. Julle is nog te rou oor alles wat die afgelope week gebeur het," praat hy teen haar kroontjie. "Maar, wanneer alles oorgewaai het en die stof gaan lê het ... ek wil graag meer van jou sien. Ek wil jou so teen my vashou elke dag van my lewe. Ek het in die kwessie van, wat is dit ... drie weke? Heng, dis te vroeg om van liefde te praat..." Hy laat rus vir 'n oomblik sy wang teen haar hare en tree dan weg sodat hy in haar oë kan kyk, sy arms nog steeds om haar lyf. "Verlief is ook nie die regte woord nie. Ek voel net hierdie vreemde warm gevoel binne in my elke keer as ek jou sien. Mag ek hoop dat jy ook iewers vorentoe so iets oor my kan voel? Jou dogter het my klaar goedgekeur." Die humor waaraan Rita al so gewoond geraak het verbreek die aanvanklike erns van sy woorde. "En ek is, al moet ek dit self ook sê, nogal sexy." Lagduiweltjies skitter in sy oë.

Rita laat haar hand teen sy wang rus. "Belowe my jy sal my altyd laat lag. Dat jy, wanneer die donker my oorval, my sal uitlig terug na die lig. Dat ek langs jou kan loop, nie 'n tree agter jou nie."

"Altyd!" sê hy.

Sy voel trane agter haar ooglede opwel. Dankie," fluister sy. "Dankie dat jy mý wil hê, dat jý die rede is vir die warm in my hart. Dankie vir die lag in jou oë."

Hulle staan lank so, hulle oë op mekaar, voor hy haar weer nader trek en sy mond, eers sag en dan met meer passie op hare laat rus.

In die kombuis kyk ant Hartjie en Janine vir mekaar en glimlag.

"Hy sal goed wees vir my ma," sê Janine.

"Die beste, Hartjie ... die beste."

www.ingramcontent.com/pod-product-compliance
Lightning Source LLC
LaVergne TN
LVHW010459160826
845677LV00012B/2556

* 9 7 9 8 8 4 7 9 6 3 1 3 8 *